THORNTON WILDER

Le pont du roi Saint-Louis

ROMAN

TRADUIT DE L'AMÉRICAIN
PAR MAURICE RÉMON

ALBIN MICHEL

A MA MÈRE

PREMIÈRE PARTIE

UN ACCIDENT... ? PEUT-ÊTRE

Le vendredi 20 juillet 1714, à midi, le plus beau pont du Pérou se rompit et précipita cinq personnes dans un gouffre. Ce pont se trouvait sur la grand-route de Lima à Cuzco, et des centaines de voyageurs le franchissaient chaque jour. Datant de plus d'un siècle, il avait été tressé en osier par les Incas, et on ne manquait jamais de le montrer aux visiteurs. C'était une simple échelle à minces barreaux jetée sur la gorge, avec des garde-fous en sarments secs. Chevaux, voitures et chaises à porteurs devaient descendre à des centaines de pieds en aval et traverser l'étroit torrent sur des radeaux, mais personne, pas même le vice-roi ou l'archevêque de Lima, n'aurait accompagné ses bagages : tout le monde voulait passer par le célèbre pont du Roi Saint-Louis. Saint-Louis de France le protégeait, à la fois par son nom et par la petite église en pisé qui se dressait à une extrémité. Le pont paraissait faire partie des choses qui durent pour l'éternité; nul n'aurait pensé qu'il pût se rompre un jour.

Les Péruviens qui apprirent l'accident se signèrent en soupirant : « Et moi qui l'ai traversé si récemment, et qui devais le traverser encore ces jours-ci ! » Les gens erraient çà et là en état de transe, en marmottant : ils avaient des hallucinations et se voyaient tomber dans un abîme.

On célébra un service solennel à la cathédrale. Les corps des victimes furent recueillis à peu près dans leur totalité et approximativement distingués les uns des autres. Les examens de conscience se multiplièrent dans la belle ville de Lima. Des servantes restituèrent des bracelets qu'elles avaient volés à leurs maîtresses, et des usuriers se lancèrent dans de longs discours pour justifier l'usure devant leurs femmes. Il était pourtant assez étrange que cet événement eût si fortement impressionné les habitants de Lima, car dans ce pays, ces catastrophes, que les légistes appellent de façon choquante « des actes de Dieu » étaient d'une fréquence exceptionnelle.

Continuellement des villes étaient emportées par des raz-de-marée; la terre tremblait au moins une fois par semaine; des tours s'écroulaient à chaque instant sur de braves gens. Des épidémies faisaient régulièrement le tour des provinces, et la vieillesse enlevait quelques-uns des plus admirables citoyens. Voilà pourquoi il était très surprenant que les Péruviens fussent si bouleversés par la catastrophe du pont du Roi Saint-Louis.

Dans l'émotion générale, une seule personne agit, et ce fut le frère Juniper. Par une série de coïncidences tellement extraordinaires que l'on est enclin à y voir une intention, ce petit rouquin de franciscain venu du nord de l'Italie se trouvait au Pérou où il convertissait les Indiens, et il assista à l'accident.

A cette heure fatale de midi, il faisait terriblement chaud : débouchant de derrière l'épaulement d'une colline, le frère Juniper s'arrêta pour s'essuyer le front et contempler le rideau de pics neigeux qui se dressaient dans le lointain, puis, au-dessous de lui, la gorge que décorait, sous l'échelle d'osier jetée en travers, le plumage foncé des arbres verts et des oiseaux verts. La joie l'habitait : les choses n'allaient pas trop mal. Il avait rouvert plusieurs petites églises abandonnées, et les Indiens se rendaient en foule à la messe du matin; dans l'attente du miracle, ils gémissaient comme si leurs cœurs allaient se briser. Fut-ce la pureté de l'air émanant des neiges, ou le souvenir impromptu d'un poème qui lui fit lever les yeux vers les montagnes secourables ? En tout cas, il se sentait pacifié. Au moment où il reporta son regard sur le pont, il entendit le bruit sec d'une corde qui, sur un instrument de musique, aurait claqué dans une chambre inhabitée : le pont, se séparant en deux, projetait dans la vallée cinq fourmis qui gesticulaient.

Toute autre personne se serait dit avec une secrète satisfaction : « Dix minutes plus tard, moi aussi... » Mais ce fut une autre pensée qui vint au frère Juniper. « Pourquoi cela est-il arrivé à *ces cinq personnes-là ?* » S'il existait un plan quelconque dans l'univers et un modèle sur lequel calquer sa vie, à coup sûr on pourrait les découvrir, mystérieusement latents, dans ces cinq existences interrompues avec une telle soudaineté. Ou bien nous vivons et mourons par hasard, ou bien nous vivons et mourons suivant un plan. Aussitôt, le frère Juniper résolut de se renseigner sur la vie secrète de ces cinq personnes, qui venaient de tomber à travers l'espace, et de découvrir la raison de leur anéantissement.

*

Le frère Juniper trouvait que la théologie tardait trop à prendre rang parmi les sciences exactes, et depuis longtemps il nourrissait l'intention de l'y mettre. Ce qui lui avait manqué jusqu'ici, c'était un laboratoire. Certes, les exemples ne manquaient pas : nombre de ses ouailles avaient subi des malheurs. Elles avaient été piquées par des araignées, leurs poumons avaient été atteints, leurs maisons brûlées, et sur leurs enfants s'étaient abattues des calamités auxquelles on n'ose songer. Mais ces échantillons de la souffrance humaine n'avaient jamais été tout à fait appropriés à un examen scientifique. Il leur manquait ce que nos bons savants devaient plus tard appeler « *le contrôle rigoureux* ». L'accident dépendait d'une erreur humaine, par exemple, ou contenait des éléments de probabilité. Mais cet écroulement du pont du Roi Saint-Louis était purement un « Acte de Dieu ». Il constituait donc un laboratoire parfait. Là enfin on pourrait surprendre Ses intentions à l'état pur.

Venant de tout autre que le frère Juniper, ce plan aurait semblé être, à vos yeux comme aux miens, le produit d'un parfait scepticisme. Il s'apparentait à l'effort de ces âmes présomptueuses qui voulurent se promener sur les avenues du Ciel et qui construisirent la tour de Babel afin de les atteindre. Mais pour notre franciscain il n'y avait dans cette expérience aucun élément de doute. Il connaissait la réponse. Il voulait simplement la prouver historiquement, mathématiquement à ses convertis — pauvres convertis obstinés, si lents à admettre que leurs souffrances étaient introduites dans leur vie pour leur propre bien. On lui demandait toujours de bonnes preuves, solides : le doute surgit éternellement dans le cœur humain, même dans les pays où l'Inquisition peut lire dans vos yeux vos pensées.

Ce n'était pas la première fois que le frère Juniper avait essayé de recourir à des méthodes de ce genre. Souvent, dans les longues courses qu'il avait à faire — il courait d'une paroisse à l'autre, sa robe relevée au-dessus des genoux, pour arriver plus vite — il se laissait aller à rêver d'expériences qui justifieraient les façons d'agir de Dieu avec des prières pour obtenir la pluie, et de leurs résultats. Souvent, il s'était tenu debout sur les marches d'une de ses petites églises, son troupeau agenouillé devant lui, dans la rue brûlée de soleil. Souvent il avait levé les bras au ciel et déclamé le magnifique texte rituel. Pas souvent, mais plusieurs fois, il avait senti pénétrer en lui l'efficacité de la prière et vu se former à l'horizon un petit nuage. Et bien des fois aussi des semaines s'étaient écoulées... mais pourquoi y songer ? Ce n'était pas lui-même qu'il essayait de convaincre que pluie et sécheresse étaient sagement distribuées.

Donc, cette détermination se fit jour en lui au moment de l'accident. Elle le poussa à travailler pendant six ans, frappant à toutes les portes de Lima, posant des milliers de questions, emplissant des piles de carnets de notes, dans son effort pour établir le fait que chacune des cinq vies détruites était un tout parfait. Tout le monde savait qu'il composait une sorte de mémoire sur l'accident : tout le monde cherchait à l'aider, et l'égarait. Quelques-uns même connaissaient le but principal de son activité, et certains dans les hautes sphères, la protégeaient.

Le résultat de tout ce zèle fut un énorme livre qui, comme nous le verrons plus tard, fut brûlé publiquement sur la grand-place, par une admirable matinée de printemps. Mais il en existait une copie secrète, et, au bout d'un grand nombre d'années, sans qu'on y fît grande attention, elle parvint à la bibliothèque de l'Université de Saint-Martin. C'est là que repose l'ouvrage, entre deux grands couvercles de bois, sur lesquels s'amasse la poussière, dans une armoire. Il traite de chacune des victimes de l'accident, l'une après l'autre, cataloguant des milliers de petits faits, d'anecdotes et de témoignages, et sa conclusion est un morceau d'une belle élévation, qui explique pourquoi Dieu a choisi telle personne et tel jour pour faire sa démonstration de sagesse. Pourtant, malgré tous ses soins, frère Juniper n'a jamais connu la passion essentielle de la vie de doña Maria, ni celle de l'oncle Pio, ni même de celle d'Esteban. Et moi, qui prétends en savoir tellement davantage, n'est-il pas possible que je n'aie pas vu non plus la source même au sein de la source ?

Certains disent que nous ne saurons jamais, et que pour les dieux nous sommes comme les mouches que les enfants tuent un jour d'été; d'autres affirment, au contraire, que le moindre moineau ne perd pas une plume qui ne lui ait été enlevée par le doigt de Dieu.

DEUXIÈME PARTIE

LA MARQUISE DE MONTEMAYOR; PEPITA

On demande aujourd'hui aux écoliers espagnols d'en savoir plus, sur doña Maria, marquise de Montemayor, que le frère Juniper ne devait en découvrir en des années de recherches. Un siècle après sa mort, ses lettres étaient devenues un des monuments de la littérature espagnole, et sa vie comme son époque ont été depuis lors l'objet de longues études. Mais ses biographes se sont égarés aussi gravement dans une direction que le franciscain dans une autre : ils ont cherché à la parer d'une foule de charmes, à retrouver dans sa vie et dans sa personne quelques-unes des beautés qui abondent dans ses lettres, alors que toute connaissance véritable de cette femme extraordinaire doit procéder de cette idée fondamentale : la rabaisser, la dépouiller de toutes les beautés, sauf une.

Elle était fille d'un marchand de vêtements qui s'était acquis l'argent et la haine des habitants de Lima, à un jet de pierre de la Plaza. Son enfance fut malheureuse, elle était laide et bégayait; sa mère la poursuivait de ses sarcasmes, s'efforçant ainsi d'éveiller en elle quelque charme mondain, et elle l'obligeait à se harnacher de bijoux pour circuler dans la ville. Elle vivait seule, elle pensait seule. De nombreux prétendants se présentèrent, mais, bien décidée à rester fille, elle lutta le plus longtemps possible contre les conventions de son époque. Il y eut des scènes violentes avec sa mère, des récriminations, des cris et des claquements de portes. Finalement, à vingt-six ans, elle se trouva prise au piège du mariage avec un noble hautain et ruiné, et la cathédrale de Lima bourdonna des ricanements étouffés de ses invités. Elle continua à vivre seule, à penser seule, et quand une délicieuse fille lui fut née, elle l'entoura d'un amour idolâtre. Mais la petite Clara tenait de son père : elle était froide et intellectuelle. A huit ans, elle corrigeait tranquillement le langage de sa mère et la considéra bientôt avec étonnement et répulsion. La mère, effrayée, se fit humble et obséquieuse, mais ne pouvait s'empêcher d'accabler doña Clara d'attentions inquiètes et d'une tendresse fatigante. Alors ce furent de nouveau des récriminations violentes, des cris et des claquements de portes. Parmi les offres de mariage qui lui furent faites, doña Clara choisit délibérément celle qui exigeait son départ pour l'Espagne. Elle s'en alla donc dans ce pays d'où il fallait six mois pour avoir une réponse à une lettre. Le départ pour un si long voyage donnait lieu, au Pérou, à une cérémonie religieuse très officielle. Le navire était béni et, tandis que s'augmentait l'espace entre celui-ci et la baie, les deux groupes, à bord et sur le rivage, s'agenouillaient et chantaient un cantique qui, dans un si vaste décor, paraissait mièvre et timide. Doña Clara s'éloigna avec un sang-froid admirable, pendant que sa mère suivait des yeux le navire étincelant en posant une main tantôt sur son cœur, tantôt sur sa bouche. Bientôt la marquise ne vit plus qu'avec des yeux brouillés le Pacifique serein et les gros nuages de perle suspendus immobiles au-dessus du vaisseau.

La vie de la marquise, restée seule à Lima, devint de plus en plus intérieure. Elle négligea tous les jours davantage sa toilette et, comme tous les solitaires, se mit à se parler à elle-même à voix haute. Toute son existence s'était retirée dans le centre brûlant de son cerveau. Sur ce théâtre se déroulaient des dialogues sans fin avec sa fille, des réconciliations impossibles, des scènes éternellement renaissantes de remords et de pardon. Dans la rue on apercevait une vieille dame, sa perruque rousse retombant sur une oreille, la joue gauche marquée d'une tache lépreuse, la droite relevée d'une bonne couche de fard rutilant. Son menton n'était jamais sec, ses lèvres remuaient toujours. Les excentriques ne manquaient pas à Lima, mais elle en devint pourtant la risée quand elle circulait, dans les rues ou, de son pas traînant, montait les marches des églises. On la croyait continuellement ivre. On colportait sur elle les pires choses, on signait des pétitions pour la faire enfermer. Elle avait été dénoncée trois fois à l'Inquisition. Il n'est pas impossible qu'elle eût pu être brûlée, si son gendre n'avait joui en Espagne d'une si grande influence, et si elle ne s'était fait, tant bien que mal, quelques amis à la cour du vice-roi, où on la supportait à cause de son originalité et de ses immenses lectures. Des malentendus aggravèrent encore les relations entre la mère et la fille. Doña Clara, qui devint bientôt par son intelligence la femme la plus en vue de la cour d'Espagne, recevait de sa mère une jolie pension et de fréquents cadeaux. Mais toutes les richesses du Pérou n'auraient pas suffi à entretenir le luxe grandiose dont elle rêvait de s'entourer. De façon assez étrange, son extravagance lui venait d'un des meilleurs traits de sa nature : elle considérait ses amis, ses serviteurs, et tous les personnages intéressants de la capitale comme ses enfants. En fait il semblait n'y avoir qu'une personne au monde envers qui elle ne se répandît pas en bons offices. Parmi ses protégés, figurait le cartographe De Blasiis, dont les *Cartes du Nouveau-Monde* étaient dédiées à la marquise de Montemayor, « *admiration de sa ville natale et soleil levant en Occident* », ce qui fit beaucoup rire les courtisans de Lima. Un autre était le savant Azuarius, dont le traité sur les lois de l'hydraulique fut saisi par l'Inquisition qui le jugea trop excitant. Pendant une dizaine d'années, la comtesse entretint littéralement tous les arts et toutes les sciences en Espagne, et ce ne fut pas sa faute s'ils ne produisirent rien de mémorable durant cette période.

Quatre ans environ après le départ de doña Clara, doña Maria obtint l'autorisation de se rendre en Europe. De part et d'autre cette visite fut préparée avec des résolutions bien arrêtées de se contenir : l'une se promettait d'être patiente, l'autre de rester froide. Toutes deux y échouèrent. Elles se torturèrent mutuellement et furent sur le point de perdre la tête au milieu des alternatives de reproches et d'éclats de passion. Finalement, un jour, doña Maria se leva avant l'aurore, et, sans oser faire plus que de baiser la porte derrière laquelle dormait sa fille, elle s'embarqua et retourna en Amérique. Désormais la correspondance allait remplacer toute l'affection qui ne pouvait être vécue.

Ce sont les lettres de doña Maria qui, dans ce monde étonnant, sont devenues des textes classiques pour les écoliers, et un trésor pour les grammairiens. Elle aurait inventé son génie si elle ne l'avait possédé de naissance, tant il était nécessaire à son amour d'attirer l'attention, et peut-être l'admiration de son enfant si éloignée d'elle. Elle se contraignit à aller dans le monde pour en glaner les ridicules, elle apprit l'observation à ses yeux, elle lut les chefs-d'œuvre de sa langue pour en découvrir les effets, elle se glissa dans la compagnie des gens réputés pour leur conversation. Chaque soir, dans son palais de style baroque, elle écrivit et récrivit ces pages incroyables, tirant de son cerveau désespéré ces miracles d'esprit et de grâce, ces chroniques distillées de la cour du vice-roi. Nous savons à présent que sa fille jetait à peine les yeux sur ces lettres et que c'est à son gendre que nous devons leur conservation.

La marquise aurait été bien étonnée d'apprendre que ses lettres seraient immortelles. Plus d'un critique pourtant l'a accusée d'avoir toujours eu les yeux fixés sur la postérité, et en a signalé un bon nombre qui ont toutes l'air d'être des morceaux de bravoure. Il leur paraît impossible que doña Maria se soit donné autant de peine pour éblouir sa fille que la plupart des artistes pour éblouir le public. Comme son gendre, ils l'ont méconnue. Le comte se délectait de ses lettres, mais il pensait que, quand il en avait goûté le style, il en avait extrait toute la richesse et toutes les intentions, sans y voir — non plus que la plupart des lecteurs — la signification d'ensemble, qui était l'expression d'un cœur. Le style n'est que le flacon, assez méprisable, qui contient la liqueur amère qu'il faut faire accepter au monde. La marquise aurait même été étonnée d'apprendre que ses lettres avaient beaucoup de mérites, car de tels auteurs vivent toujours dans la noble atmosphère de leur propre esprit, et ses œuvres, qui nous semblent remarquables, ne sont guère pour eux qu'une besogne quotidienne.

Telle était cette femme âgée qui restait assise sur son balcon des heures entières, son vieux chapeau de paille jetant une ombre pourprée sur sa figure jaune et ridée. Que de fois, en tournant les feuillets de ses mains ornées de pierreries, elle se demanda, presque amusée, si la souffrance continuelle de son cœur avait un siège organique. Elle se posait la question avec étonnement : un subtil docteur, ouvrant son corps pour parvenir jusqu'à ce trône délabré, finirait-il par y découvrir un signe, et, levant le visage vers l'amphithéâtre, crierait-il à ses élèves : « Cette femme a souffert et sa souffrance a laissé des marques sur la structure de son cœur » ? Cette idée lui était venue si souvent qu'elle l'écrivit un jour dans une de ses lettres, et sa fille la gronda de vouloir pénétrer ces mystères et d'avoir un culte pour sa douleur.

La certitude que son amour ne serait jamais payé de retour agissait sur ses idées comme la marée sur une falaise. Ses croyances religieuses disparurent les premières, car tout ce qu'elle pouvait demander à un Dieu, ou à l'immortalité, c'était de lui accorder un séjour où les filles aimeraient leur mère; les autres avantages du Ciel, on pouvait les obtenir pour un morceau de pain. Elle perdit ensuite sa croyance en la sincérité de ceux qui l'entouraient. Elle se refusait en secret à croire que quelqu'un — en dehors d'elle — aimât quelqu'un. Toutes les familles vivaient dans une vaine atmosphère d'habitudes, échangeaient des baisers avec une indifférence cachée. La marquise voyait s'agiter des gens cuirassés d'égoïsme, grisés par leur propre contemplation, assoiffés de compliments, n'écoutant que peu de ce qu'on leur disait, indifférents aux malheurs qui frappaient leurs amis les plus intimes, redoutant tous les appels qui pourraient interrompre la communion dans laquelle ils vivaient avec leurs désirs personnels. Tels étaient les fils et les filles d'Adam, du Cathay jusqu'au Pérou. Et quand, sur son balcon, ses pensées prenaient ce tour, la honte tordait sa bouche, car elle savait qu'elle pêchait elle aussi et que, si son amour pour sa fille était assez vaste pour comprendre toutes les couleurs de la tendresse, il n'allait pas sans une nuance de tyrannie : elle aimait sa fille non pas pour elle, mais pour elle-même. Elle aspirait à s'affranchir de cette ignoble chaîne, mais sa passion était trop ardente, pour qu'elle pût lui tenir tête. Et alors, sur ce balcon vert, un étrange combat secouait l'affreuse vieille femme, une lutte singulièrement futile contre une tentation à laquelle elle n'aurait jamais l'occasion de succomber. Comment pouvait-elle diriger sa fille quand celle-ci veillait à ce qu'elles fussent séparées par une distance de quatre mille milles ? Doña Maria n'en luttait pas moins contre le fantôme de sa tentation et avait le dessous à chaque occasion. Elle voulait avoir sa fille pour elle, elle voulait l'entendre proclamer : « Vous êtes la meilleure de toutes les mères possibles », elle brûlait de l'entendre murmurer : « Pardonnez-moi. »

*

Environ deux ans après son retour d'Espagne se produisit une série d'événements sans importance qui en disent long sur la vie intérieure de la marquise. On n'y trouve dans la correspondance que de très vagues allusions, mais, comme elles se rencontrent dans la lettre XXII qui contient d'autres indices, je ferai de mon mieux pour donner une traduction et un commentaire de la première partie de cette lettre :

« Est-ce qu'il n'y a pas de docteurs en Espagne ? Où sont ces braves gens des Flandres qui vous étaient d'un si grand secours ? Oh ! mon trésor, comment pourrons-nous jamais vous punir assez pour avoir laissé votre rhume durer tant de semaines ? Don Vicente, je vous supplie de forcer mon enfant à être raisonnable. Anges du Ciel, je vous supplie de rendre ma fille raisonnable. Maintenant que vous allez mieux, je vous en conjure, prenez la résolution qu'au premier symptôme de rhume vous ferez une bonne fumigation et vous mettrez au lit. Ici au Pérou, je suis impuissante, je ne peux rien faire. Ne vous obstinez pas, ma bien-aimée, et que Dieu vous protège. Je mets dans mon paquet d'aujourd'hui la gomme d'un certain arbre, que les sœurs de Saint-Thomas colportent de maison en maison. Est-elle très efficace, je n'en sais rien, mais elle ne peut faire de mal. On me dit qu'au couvent ces sottes de sœurs en font des inhalations avec tant d'ardeur qu'on ne sent plus l'encens à la messe. Cela vaut-il quelque chose ? je l'ignore; essayez toujours.

« Soyez tranquille, mon amour, j'envoie à Sa Majesté Très Chrétienne, une chaîne d'or parfaite. » (Sa fille lui avait écrit : « La chaîne est arrivée en très bon état et je la portais au baptême de l'Infante. Sa Majesté Très Chrétienne m'a fait la grâce de l'admirer, et quand je lui ai dit que c'était vous qui me l'aviez donnée, Elle vous a adressé ses compliments pour votre bon goût. Ne manquez pas de lui en envoyer une aussi semblable que possible à la mienne; expédiez-la immédiatement par l'entremise du chambellan. ») « Il n'a pas besoin de savoir que, pour me la procurer, j'ai dû entrer dans un tableau. Vous rappelez-vous que dans la sacristie de Saint-Martin, il y a un portrait, par Velasquez, du vice-roi qui a fondé le monastère, avec sa femme et son enfant ? Et que sa femme porte une chaîne d'or ? Je décidai que seule cette chaîne ferait l'affaire. Aussi, un soir, à minuit je me suis glissée dans la sacristie, je suis grimpée sur une table comme eût pu faire une fille de douze ans, et j'ai pénétré dans le tableau. La toile a bien résisté un moment, mais le peintre en personne s'est avancé pour me soulever à travers les couleurs. Je lui ai dit que la plus belle fille d'Espagne désirait offrir la plus belle chaîne d'or qui se pût trouver au plus gracieux roi du monde. Ce fut aussi simple que cela, et nous restions là à causer, tous les quatre, dans l'air gris et argent qui caractérise un Velasquez. Maintenant je ne cesse de penser à une lumière plus dorée, j'ai les yeux fixés sur le Palais : il faut que je passe une soirée dans un Titien. Le vice-roi m'y autoriserait-il ? —

« Mais Son Excellence a un nouvel accès de goutte. Je dis « un nouvel accès » parce que la Cour, par flatterie, prétend qu'il y a des moments où il en est exempt. Comme c'est aujourd'hui la Saint-Marc, Son Excellence devait faire visite à l'Université où l'on mettait au monde vingt-deux nouveaux docteurs. A peine l'avait-on transporté de son divan à son carrosse qu'il se mit à crier et refusa d'aller plus loin. On le reporta dans son lit où il coupa un délicieux cigare, puis il envoya chercher la Périchole. Et pendant que nous écoutions de longues allocutions doctrinales, plus ou moins en latin, il en entendit long sur nous, plus ou moins en espagnol, des lèvres les plus rouges et les plus cruelles de la ville. »

Doña Maria se permettait ces lignes, bien qu'elle vînt précisément de lire dans la dernière missive de sa fille :

(« Combien de fois faudra-t-il que je vous répète d'être plus prudente dans ce que vous me dites dans vos lettres ? Elles portent souvent des traces d'avoir été ouvertes en route. Rien ne serait plus mal jugé que vos remarques sur... vous savez ce que je veux dire... à Cuzco. Ces remarques ne sont pas drôles, encore que Vicente vous en ait fait compliment dans son post-scriptum, et elles pourraient nous attirer les plus grands ennuis auprès de certaines personnes, ici, en Espagne. Je continue à m'étonner que vos indiscrétions ne vous aient pas depuis longtemps valu un ordre d'avoir à vous retirer dans votre ferme. »)

« Il y a eu grande presse aux Exercices, et deux femmes sont tombées du balcon, mais Dieu, dans sa bonté, a veillé à ce qu'elles tombassent sur doña Mercedès. Toutes trois sont gravement blessées, mais avant un an elles penseront à autre chose. Le président faisait son discours au moment de l'accident, et, comme il a la vue basse, il ne pouvait s'imaginer ce que signifiaient le désordre, les cris, les propos et la chute de ces corps. Ce fut on ne peut plus comique de le voir s'incliner, persuadé qu'on l'applaudissait.

« Au sujet de la Périchole et d'applaudissements, il faut que vous sachiez que Pepita et moi nous avons décidé d'aller ce soir à la Comédie. Le public idolâtre toujours sa Périchole, il lui pardonne même son âge. On raconte qu'elle répare « tout ce qu'elle peut chaque matin, en passant alternativement sur ses joues des crayons de glace et de feu ».

La traduction se révèle particulièrement impuissante à rendre ce trait d'esprit qui porte en lui tout le flamboiement de la langue espagnole. Destiné à flatter bassement la comtesse, il était un pur mensonge. La grande actrice était à cette époque âgée de vingt-huit ans : ses joues avaient la douceur et le poli d'un marbre jaune foncé et devaient certainement conserver cette beauté bien des années encore. En dehors des fards exigés par sa profession, le seul traitement que Camilla Périchole fît subir à son visage était de le baigner d'eau froide deux fois par jour, comme fait une paysanne dans une auge à chevaux.

« Cet homme étrange qu'on appelle « l'oncle Pio » est continuellement auprès d'elle. Don Rubio affirme qu'il est incapable de décider si l'oncle Pio est son père, son amant ou son fils. La Périchole a donné une merveilleuse représentation. Plaisantez-moi tant que vous voudrez, appelez-moi une niaise de provinciale, vous n'avez pas une artiste comme elle en Espagne. » Et ainsi de suite.

Cette soirée au théâtre ne fut pas sans conséquences. La marquise avait résolu d'aller à la Comédie, où la Périchole jouait le rôle de doña Léonor dans le *Trampa Adelante* de Moreto; peut-être trouverait-elle dans cette représentation matière à raconter dans sa prochaine lettre à sa fille. Elle emmena avec elle Pepita, une petite fille sur laquelle nous apprendrons bien des choses par la suite. Doña Maria l'avait prise, pour lui tenir compagnie, à l'orphelinat qui dépendait du couvent de « Santa Maria Rosa de las Rosas ». La marquise, de sa loge, regardait avec une attention nonchalante la scène brillamment éclairée. La Périchole avait pour habitude, dans les entractes, de renoncer à son rôle d'élégante, et de paraître devant le rideau pour y chanter quelques chansons populaires. La malicieuse actrice avait vu arriver la marquise et se mit bientôt à improviser des couplets pleins d'allusions à son physique et à sa mise, à son avarice et à son ivrognerie, et même à la fuite de sa fille loin d'elle. L'attention de la salle fut subtilement attirée ainsi sur la vieille femme, et un murmure de mépris accompagna les rires du public. Mais la marquise, profondément émue par les deux premiers actes de la comédie, voyait à peine la chanteuse et regardait fixement devant elle, en songeant à l'Espagne. Camilla Périchole s'enhardit et l'atmosphère se chargea de la haine et de la joie de la foule. Enfin Pepita, tirant la marquise par la manche, lui chuchota qu'elles feraient bien de se retirer. Quand elles quittèrent leur loge, les spectateurs se levèrent et un grondement de triomphe éclata dans la salle. La Périchole se lança alors dans une danse frénétique, car elle aperçut le directeur au fond de la salle et elle comprit que son cachet serait augmenté. Mais la marquise demeurait insensible à ce qui se passait :

elle était en réalité enchantée, car durant la soirée elle avait imaginé quelques phrases assez heureuses, des phrases qui pourraient — qui sait ? — amener un sourire sur les lèvres de sa fille et lui faire murmurer : « Ma mère est vraiment charmante. »

En temps voulu il revint aux oreilles du vice-roi qu'un des membres de sa noblesse avait été ouvertement hué au théâtre et lui intima l'ordre d'aller présenter ses excuses à la marquise. Elle devrait se rendre chez elle pieds nus et en robe noire. Camilla discuta, lutta, mais tout ce qu'elle obtint fut de mettre des souliers.

Le vice-roi avait trois motifs pour insister. En premier lieu la chanteuse avait pris des libertés avec sa Cour. Don Andrés avait imaginé de rendre l'exil supportable en instituant un cérémonial si compliqué que seule pouvait s'en souvenir une société qui n'avait rien d'autre à penser. Il choyait sa petite aristocratie et ses menus privilèges, et toute insulte adressée à une marquise était un outrage à sa propre personne. En second lieu, le gendre de doña Maria était un personnage dont l'importance en Espagne allait grandissant, en situation de faire du tort au vice-roi, bien plus, capable de le supplanter. Il ne fallait pas vexer le comte Vicente d'Abuirre, fût-ce en la personne de ce pseudo bel esprit qu'était sa belle-mère.

Enfin le vice-roi était ravi d'humilier l'actrice. Il la soupçonnait de le tromper avec un matador, peut-être avec un acteur; pris entre les flatteries de sa Cour et l'engourdissement où le plongeait sa goutte il ne savait trop qui c'était; en tous cas il sentait nettement que la chanteuse commençait à oublier qu'il était un des premiers personnages de ce monde.

La marquise, outre qu'elle n'avait pas entendu les chansons injurieuses, n'était pas d'autre part préparée à la visite de l'actrice. Il faut savoir qu'après le départ de sa fille, doña Maria avait cherché une consolation : elle s'était mise à boire. Tout le monde au Pérou buvait du « *chicha* » et il n'y avait rien de particulièrement honteux à être trouvé, un jour de fête, privé de raison. Doña Maria avait découvert peu à peu que ses soliloques fiévreux avaient pour effet de la tenir éveillée toute la nuit. Un jour elle but, en allant au lit, une pleine flûte à champagne de « *chicha* ». L'oubli était chose si douce que bientôt elle en déroba de plus larges doses et s'efforça d'en dissimuler les effets à Pepita; elle laissa entendre qu'elle n'était pas bien et déclara qu'elle sentait ses forces décliner. Finalement elle renonça à feindre. Les bateaux qui emportaient ses lettres en Espagne ne partaient qu'une fois par mois. Dans la semaine qui précédait la confection du paquet, elle observait un régime sévère et fréquentait assidûment la ville pour y recueillir des matériaux. Enfin, la veille du courrier, elle écrivait sa lettre, faisait son paquet vers l'aurore, et laissait à Pepita le soin de le remettre au facteur. Ensuite, quand le soleil se levait, elle s'enfermait dans sa chambre avec des flacons, et, pendant les semaines suivantes se laissait emporter par le courant, allégée du fardeau de la conscience. Finalement elle sortait de son état de béatitude et reprenait « l'entraînement » pour être à même d'écrire une autre lettre.

C'est ainsi que la nuit qui suivit le scandale du théâtre, elle rédigea la lettre XXII, puis alla se mettre au lit, en emportant un carafon. Tout le lendemain Pepita circula dans la chambre en regardant avec anxiété la forme étendue sur le lit. L'après-midi suivant, elle apporta son ouvrage de couture dans la chambre. La marquise gisait, le regard fixé au plafond, les yeux grands ouverts, et se parlait à elle-même. Au crépuscule on appela Pepita à la porte et on lui dit que la Périchole était venue voir sa maîtresse. Pepita, qui se souvenait très bien de la scène du théâtre, répondit aigrement que sa maîtresse refusait de la voir. Le domestique alla porter cette réponse à la porte de la rue, mais revint, frappé de terreur, annoncer que la señora Périchole était munie d'une lettre d'introduction du vice-roi pour Mme la marquise. Pepita retourna sur la pointe des pieds auprès du lit et se mit à parler à la marquise : les yeux vitreux se tournèrent vers la petite. Pepita la secoua doucement. Doña Maria essaya de fixer son esprit sur ce qu'on lui disait. Deux fois elle retomba en arrière, incapable d'en saisir la signification, mais enfin — tel un général qui sous la pluie et dans la nuit rallie les divisions dispersées de son armée —, elle rassembla sa mémoire, son attention et quelques autres facultés, et, appuyant péniblement sa main sur son front, elle demanda un bol de neige. Quand on la lui eut apportée, encore engourdie, elle en appliqua longuement des poignées sur ses tempes et sur ses joues, puis elle se leva et se tint un grand moment, debout, appuyée contre son lit, à contempler ses souliers. Enfin elle redressa la tête d'un air décidé et demanda son manteau doublé de fourrure et un voile. Elle s'en enveloppa, et d'un pas chancelant se rendit dans la plus belle de ses pièces de réception où l'actrice, debout, l'attendait.

Camilla avait projeté de prendre la chose légèrement, et, de se montrer, si possible, insolente, mais elle fut, pour la première fois, frappée de l'air digne de la vieille dame. La fille du marchand savait, par moments, se comporter avec toute la distinction d'une Montemayor, et, quand elle était ivre, elle prenait les grands airs d'une Hécube. Pour Camilla il y avait dans ces yeux mi-clos une expression d'autorité dédaigneuse, et elle commença presque timidement :

« Je suis venue m'assurer, señora, que vous n'avez pu vous méprendre sur rien de ce que j'ai dit le soir où Votre Grâce m'a fait l'honneur de venir dans mon théâtre.

— Me méprendre ? Me méprendre ? dit la marquise.

— Votre Grâce aurait pu se méprendre et croire que je mettais dans mes paroles une intention irrespectueuse pour Elle.

— Pour moi ?

— Votre Grâce n'est pas fâchée contre son humble servante ? Votre Grâce sait qu'une pauvre actrice dans ma situation peut être entraînée plus loin qu'elle ne voulait... qu'il est très difficile... que tout...

— Comment pourrais-je être fâchée, señora ? Tout ce dont je me souviens, c'est que vous nous avez donné une magnifique représentation. Vous êtes une grande artiste. Vous devriez être heureuse, très heureuse. Mon mouchoir, Pepita... »

La marquise prononça ces mots très vite et de façon confuse, mais la Périchole était confondue. Un cuisant sentiment de honte l'envahit, et elle devint cramoisie. Enfin elle réussit à murmurer :

« C'était dans les chansons, entre les actes de la comédie. Je craignais que Votre Grâce...

— Oui, oui, je me souviens maintenant. Je suis partie de bonne heure. Pepita, nous sommes rentrées tôt, n'est-ce pas ? Mais, señora, vous aurez la bonté de me pardonner de m'être retirée de bonne heure, et même au milieu de votre admirable représentation. Je ne sais plus pourquoi nous avons quitté le théâtre... Pepita... Oh ! une indisposition... »

Il était impossible que l'intention de ces chansons eût échappé à quelqu'un dans la salle. Camilla ne pouvait donc supposer qu'une chose : la marquise, par une sorte de magnanimité fantastique, jouait la comédie de n'y avoir pas fait attention. Elle était sur le point de pleurer :

« Que vous êtes bonne de fermer les yeux sur mon enfantillage, señora... je ne savais pas... je ne soupçonnais pas votre bonté. Señora, permettez-moi de vous baiser la main. »

Doña Maria, surprise, lui tendit sa main. Il y avait longtemps qu'on ne lui avait parlé avec tant de respect. Ses voisins, ses fournisseurs, ses domestiques — car Pepita aussi tremblait devant elle — sa fille même ne s'étaient jamais adressés à elle de cette façon-là. Cela lui inspira une humeur nouvelle, qu'il faut sans doute qualifier de larmoyante.

Elle devint loquace.

« Fâchée, fâchée contre vous, ma belle... mon enfant, vous si douée ? Qui suis-je, une... une vieille femme déraisonnable et détestée, pour être fâchée contre vous ? J'ai eu l'impression, ma fille, de... comment dit le poète ?... « *de surprendre à travers un nuage la conversation des anges* ». Votre voix ne cessait de découvrir de nouvelles merveilles dans notre Moreto. Quand vous avez dit :

« Don Juan, si mi amor estimas,
Y la fe segura es necia ?
Enojarte mis temores

Es no querarme discreta.
¿ Tan seguros [1]...

et la suite, c'était vrai. Et quel geste vous avez fait à la fin de la première journée ! Là, avec la main, comme ça. Un geste comme celui de la Vierge, disant à Gabriel : « *Comment est-il possible que j'aie un enfant ?* » Non, non, vous allez m'en vouloir, car je vais vous parler d'un geste dont vous pourrez vous souvenir pour l'employer un jour. Oui, cela ferait bien dans cette scène où vous pardonnez à votre Don Juan de Lara. Peut-être devrais-je vous dire que je l'ai vu faire, ce geste, à ma fille, un jour. Ma fille est très belle... C'est l'avis général... Avez-vous... Avez-vous connu ma doña Clara, señora ?

— Sa Grâce m'a souvent fait l'honneur de venir à mon théâtre. Je connaissais bien la comtesse de vue.

— Ne restez pas ainsi sur un genou, mon enfant. Pepita, dis à Jenarito d'apporter immédiatement quelques sucreries à cette dame. Pensez donc, un jour nous nous sommes brouillées, je ne sais plus à quel propos. Oh ! cela n'a rien de surprenant : toutes les mères, de temps à autre... Ecoutez, pouvez-

1. Don Juan, si tu fais cas de mon amour,
et si la confiance inébranlable est sottise,
mes craintes ne peuvent te froisser,
à moins que tu me veuilles déraisonnable.
Aussi sûrs...

vous vous rapprocher un peu ? Il ne faut pas croire la ville qui prétend qu'elle a été méchante avec moi. Vous êtes une femme supérieure, d'un caractère magnifique, et vous voyez plus loin que la foule dans ces questions-là. C'est un plaisir de causer avec vous. Quels beaux cheveux vous avez. Quels cheveux admirables ! Ce n'était pas une nature ardente, impulsive, je le sais. Mais, mon enfant, ah ! elle a de telles richesses d'intelligence et de charme. Tous les malentendus entre nous ont été uniquement de ma faute : n'est-il pas merveilleux qu'elle soit si prompte à me pardonner ? Ce jour-là, l'un de ces petits moments est survenu. Nous avons l'une et l'autre prononcé des paroles inconsidérées, et nous sommes parties chacune dans notre chambre. Puis chacune est revenue sur ses pas pour se faire pardonner. Finalement nous n'étions séparées que par une porte, et nous la tirions chacune de notre côté. Mais enfin elle... prit ma... figure... ainsi, entre ses deux mains blanches. Ainsi, regardez ! »

La marquise faillit tomber de son fauteuil tant elle se penchait en avant, le visage inondé de larmes de bonheur, et elle fit le geste béatifique, je devrais dire mythique, car cet incident n'était que l'évocation d'un rêve.

« Je suis heureuse que vous soyez ici, continua-t-elle, car maintenant vous avez appris de ma propre bouche qu'elle n'est pas cruelle avec moi, comme certains le prétendent. Ecoutez, señora, c'était ma faute. Regardez-moi, regardez-moi. C'est par erreur que je suis devenue la mère d'une fille si belle. Je suis difficile à vivre, je suis ennuyeuse. Vous et elle vous êtes des femmes supérieures... Non, laissez-moi dire, vous êtes des femmes exceptionnelles, et je ne suis moi qu'une femme nerveuse... ridicule... stupide. Laissez-moi vous baiser les pieds. Je suis impossible, je suis impossible... impossible. »

Sur ce la vieille femme tomba tout de bon de son fauteuil et fut relevée par Pepita qui la reconduisit à son lit. La Périchole rentra chez elle consternée, et resta longtemps à se contempler dans son miroir, les mains appuyées sur ses joues. Mais la personne qui assistait le plus aux heures difficiles de la marquise, c'était sa petite compagne Pepita. Pepita était orpheline et avait été élevée par cet étrange génie de Lima qu'était la mère-abbesse Maria del Pilar. La seule occasion dans laquelle les deux femmes les plus remarquables du Pérou — telles que devait les révéler la perspective de l'histoire — se rencontrèrent face à face, fut le jour où doña Maria alla voir la directrice du couvent de Santa Maria Rosa de las Rosas pour lui demander si elle ne pourrait pas emprunter à l'orphelinat, pour lui tenir compagnie, une jeune fille intelligente. L'abbesse regarda durement cette vieille femme grotesque. Les gens les plus sages du monde ne le sont pas tout à fait, et la mère Maria del Pilar, qui savait deviner le pauvre cœur humain derrière tous les masques de folie et de méfiance, s'était toujours refusée à en accorder un à la marquise de Montemayor. Elle lui posa une foule de questions, puis se tut pour réfléchir. Elle voulait donner à Pepita l'expérience mondaine de la vie au palais. Elle désirait aussi gagner la vieille dame à ses propres intérêts, et elle était remplie d'une sombre indignation, car elle savait qu'elle avait devant elle une des femmes les plus riches du Pérou, et la plus aveugle.

L'abbesse faisait partie de ces personnes qui ont laissé ronger leur vie parce qu'elles se sont passionnées pour une idée plusieurs siècles avant le moment fixé pour son apparition dans l'histoire de la civilisation. Dans son désir de conférer un peu de dignité aux femmes, elle se heurta durement à l'obstination de son époque. A minuit, quand elle avait fini de faire les comptes de la maison, elle se laissait aller à de folles visions d'un temps où les femmes pourraient s'organiser pour protéger leurs sœurs, les femmes qui voyagent, les servantes, les femmes âgées ou malades, celles qu'elle avait découvertes dans les mines de Potosi ou dans les ateliers des confectionneurs, les filles qu'elle avait ramassées dans des portes par des nuits pluvieuses. Mais le lendemain matin elle se retrouvait toujours en face du fait que les femmes du Pérou, fût-ce les nonnes, traversaient la vie avec deux idées : l'une, que toutes les infortunes qui pouvaient s'abattre sur elles étaient dues uniquement à ce qu'elles n'étaient pas assez séduisantes pour enchaîner un homme et se faire entretenir par lui, et la seconde, que sa caresse valait bien d'être achetée de toutes les misères du monde. Elle ne connaissait pas d'autres pays que les environs de Lima et elle supposait que la corruption qui y régnait était la condition normale de l'humanité. De notre siècle, avec le recul, nous mesurons bien la vanité de ses espérances. Vingt femmes comme elle n'auraient pas réussi à faire impression sur son époque. Elle n'en poursuivait pas moins sa tâche avec zèle. Elle ressemblait à l'hirondelle de la fable qui, une fois tous les mille ans, transportait un grain de blé dans l'espoir d'élever une montagne qui atteindrait la lune. Dans tous les âges ont surgi des personnes de ce genre : elles s'obstinent à transporter leurs grains de blé, et elles tirent une certaine gaieté des ricanements des spectateurs. « Comme elles s'habillent drôlement, crions-nous, comme elles s'habillent drôlement ! »

Sa bonne figure rougeaude respirait une grande bienveillance, et plus d'idéalisme que de bienveillance, et encore plus d'esprit de commandement que d'idéalisme. Toute sa tâche, ses hôpitaux, son orphelinat, son couvent, ses brusques voyages de sauvetage, exigeaient de l'argent. Personne ne nourrissait une plus vive admiration pour la pure bonté, mais elle avait été obligée de surveiller et de sacrifier sa bienveillance, presque son idéalisme, au commandement, tant étaient terribles les luttes qu'elle avait à soutenir pour obtenir des subsides de ses supérieurs ecclésiastiques. L'archevêque de Lima, que nous connaîtrons par la suite sous un aspect plus aimable, avait contre elle ce qu'il appelait « une haine de Vatinius », et, parmi les compensations à l'ennui de mourir, il plaçait le soulagement de n'avoir plus à la recevoir.

Elle avait senti dernièrement non seulement le souffle de la vieillesse sur sa joue, mais un avertissement plus sévère. Un frisson de terreur la parcourut toute, non pour elle-même, mais pour son œuvre. Qui y avait-il au Pérou pour attacher du prix aux mêmes choses qu'elle ? Et, se levant un jour dès l'aurore, elle avait fait une tournée rapide dans son hôpital, son couvent et son orphelinat, à la recherche d'une âme qu'elle pût former pour lui succéder. Elle allait en hâte d'un visage vide à un autre visage vide, s'arrêtant à l'occasion, plus par espoir que par conviction. Elle trouva dans la cour un groupe de petites filles occupées à coudre du linge, et ses yeux tombèrent aussitôt sur une gamine de douze ans qui « menait les autres à l'abreuvoir » et qui, en même temps leur racontait avec feu et de façon dramatique les miracles les moins probables de la vie de Sainte Rose de Lima. Voilà comment sa quête aboutit à Pepita. Il est toujours difficile d'élever quelqu'un en vue des grandeurs, mais au milieu des sensibilités et des jalousies d'un couvent, cette éducation doit être conduite avec des détours fantastiques. On imposa à Pepita les tâches les plus rebutantes de la maison, mais elle fut amenée à se rendre compte de son administration sous toutes les formes. Elle accompagnait l'abbesse dans ses voyages, encore que ce ne fût que pour veiller sur les œufs et sur les légumes. Et partout, à l'improviste, arrivaient des heures où la directrice surgissait brusquement et causait longuement avec elle, non seulement sur des matières de religion, mais sur la façon de manier les femmes, d'organiser des salles pour les contagieux, et de solliciter des dons en argent. Ce fut l'une des étapes de cette instruction en vue des grandeurs qui conduisit un jour Pepita chez doña Maria pour y assumer la tâche folle de lui tenir compagnie. Pendant les deux premières années elle se contenta de venir passer de temps à autre un après-midi, mais finalement elle vint habiter dans le palais. On ne lui avait jamais appris à espérer le bonheur, et les inconvénients, pour ne pas dire les terreurs, de sa nouvelle situation, ne lui parurent pas excessifs pour une fille de quatorze ans. Elle ne soupçonnait pas que l'abbesse fût là, planant en personne sur la maison, appréciant elle-même ses efforts et guettant le moment où un fardeau blesse et ne fortifie pas.

Quelques-unes des épreuves de Pepita étaient physiques : par exemple les domestiques de la marquise profitaient de son vice pour ouvrir les chambres à coucher du palais à leurs parents et voler librement. Seule Pepita leur tenait tête et souffrait une persécution faite de petits désagréments et de mauvaises plaisanteries. Elle avait aussi ses tourments moraux : quand elle accompagnait doña Maria dans ses courses à travers la ville, la vieille femme était souvent prise du désir d'entrer dans une église, car, si elle avait perdu sa foi religieuse, elle l'avait remplacée par des croyances qui tenaient de la magie. « Restez ici au soleil, ma chère enfant, disait-elle, je ne serai pas longtemps. » Alors doña Maria s'oubliait dans ses rêveries devant l'autel et sortait de l'église par une autre porte. Pepita avait été habituée par la mère Maria del Pilar à une obéissance presque morbide et quand, après de longues heures d'attente, elle se risquait enfin dans l'église et s'assurait que sa maîtresse n'y était plus, elle retournait au coin de la rue et patientait, tandis que les ombres s'allongeaient sur la place. En attendant ainsi devant tout le monde, elle subissait toutes les tortures que peut éprouver une petite fille consciente de ses devoirs. Elle portait toujours l'uniforme de l'orphelinat — que la moindre prévenance de la part de doña Maria aurait pu changer — et elle avait des hallucinations : il lui semblait que des hommes la regardaient fixement et chuchotaient... or, ce n'étaient pas toujours des hallucinations. Son cœur ne souffrait pas moins, car, à certains jours, doña Maria s'apercevait de son existence et lui parlait d'un ton cordial et spirituel, révélant pour quelques heures l'exquise sensibilité dont elle fait preuve dans ses lettres; puis le lendemain elle rentrait en elle-même et, sans être jamais rude, redevenait impersonnelle et ne la voyait plus. Les velléités d'espoir et d'affection que Pepita avait si grand besoin d'extérioriser étaient blessées. Elle circulait dans le palais sur la pointe des pieds, dans un silence effaré, en se cramponnant à son sentiment du devoir et à sa loyauté envers sa « mère en Jésus-Christ », la mère Maria del Pilar, qui l'avait mise à ce poste.

*

Finalement se produisit un fait nouveau qui devait avoir des conséquences considérables pour la vie de la marquise et en même temps de sa compagne.

« Ma chère mère, écrivait la comtesse, le temps a été tout à fait épuisant, et le fait que les vergers et les jardins sont en fleurs ne le rend que plus éprouvant. Je pourrais supporter les fleurs, pourvu qu'elles n'eussent pas de parfums. Je vous demanderai donc la permission de vous écrire moins longuement que d'habitude. Si Vicente rentre avant le départ du courrier, il sera ravi de finir cette feuille et de vous donner sur moi tous ces détails ennuyeux qui semblent vous faire tant de plaisir. Je n'irai pas cet automne à Grignan, en Provence, comme j'y comptais, puisque mon enfant naîtra au début d'octobre. »

Quel enfant ? La marquise s'appuya contre le mur. Doña Clara avait prévu les soucis accablants que cette nouvelle allait causer à sa mère et avait cherché à les atténuer en l'annonçant incidemment. Mais cette ruse ne fit pas son effet. La réponse fut la fameuse lettre XLII.

Maintenant enfin la marquise avait un motif d'anxiété : sa fille allait être mère. Cet événement, qui ne faisait qu'ennuyer doña Clara, fit découvrir à la marquise toute une nouvelle gamme d'émotions. Elle devint un puits de science médicale et multiplia les conseils. Elle fouilla la ville pour découvrir de vieilles femmes expérimentées et répandit dans ses lettres toute la sagesse populaire du nouveau monde. Elle tomba dans la superstition la plus abominable. Elle pratiqua un système dégradant de « tabous » pour la protection de sa fille. Elle se refusa à permettre qu'il y eût un nœud dans la maison. Défense fut faite aux servantes d'attacher leurs cheveux, et elle cacha sur sa personne de ridicules symboles d'une heureuse délivrance. Dans les escaliers, les marches paires furent marquées à la craie, et une domestique qui posa accidentellement le pied sur l'une d'elles fut chassée avec pleurs et lamentations. Doña Clara était entre les mains de la Nature maléfique qui se réserve le droit d'infliger à ses enfants les mauvais tours les plus terrifiants. Il y avait un rite de manœuvres propitiatoires, où des générations de paysannes avaient trouvé un soulagement. Cette innombrable armée de témoins signifiait clairement que quelque vérité se cachait là. En tout cas cela ne pouvait faire de mal et peut-être cela faisait-il du bien. Mais la marquise ne se pliait pas seulement aux coutumes du paganisme, elle étudiait tout autant les prescriptions du christianisme. Elle se levait dans l'obscurité et courait en trébuchant à travers les rues aux messes les plus matinales. Elle embrassait passionnément les grilles des autels, s'efforçant d'arracher aux statues bariolées un signe, rien qu'un signe, une apparence de sourire, l'inclinaison furtive d'une tête de cire. Tout irait-il bien ? Tendre, tendre Mère, tout irait-il bien ?

Parfois, après avoir eu, tout un jour, frénétiquement recours à des invocations de ce genre, elle était bouleversée par un vent de révolte. La Nature est sourde, Dieu est indifférent, rien de ce qui est au pouvoir de l'homme ne peut changer le cours de la loi. Alors, à quelque coin de rue, elle s'arrêtait ivre de désespoir, et, appuyée contre un mur, elle aspirait à quitter un monde sans dessein. Mais bientôt, des profondeurs de son âme, surgissait la foi en un grand Peut-être, et elle rentrait précipitamment chez elle afin de renouveler les cierges au-dessus du lit de sa fille.

*

Enfin arriva le moment d'accomplir le rite suprême des familles péruviennes quand elles attendent un heureux événement; elle se rendit en pèlerinage à la châsse de Sainte Marie de Cluxambuqua. Si la dévotion pouvait être efficace, nulle part elle ne le serait mieux que dans une visite à ce grand sanctuaire, sacré par trois religions; dès avant la civilisation des Incas, des humains tourmentés avaient étreint les rocs et s'étaient flagellés pour obtenir des cieux ce qu'ils voulaient. C'est là que la marquise se fit porter dans sa chaise; elle traversa le pont du Roi Saint-Louis et gravit la montagne vers cette cité de femmes à large ceinture — cité tranquille où la circulation était aussi lente que les sourires, cité d'air pur, fraîche comme les sources qui alimentaient ses nombreuses fontaines; ville de cloches, douces et musicales, et accordées pour soutenir les unes avec les autres les plus heureuses querelles. Si l'on éprouvait une déception dans la ville de Cluxambuqua, le chagrin en était en quelque sorte absorbé par les hauteurs des Andes qui la dominaient, et par l'atmosphère de joie paisible qui emplissait ses petites rues. La marquise n'eut pas plus tôt aperçu dans le lointain les murs blancs de la ville perchée sur les genoux des pics les plus élevés, que ses doigts cessèrent de dérouler les grains de son chapelet et que les prières ferventes que lui inspirait son épouvante s'arrêtèrent court sur ses lèvres.

Elle ne descendit même pas à l'auberge, mais, laissant Pepita faire les arrangements pour leur séjour, elle alla à l'église et s'agenouilla longtemps, frottant doucement ses mains l'une contre l'autre. Elle écoutait le nouveau flux de résignation qui montait en elle. Peut-être apprendrait-elle avec le temps à permettre à la fois à sa fille et à ses dieux de diriger leurs propres affaires. Les chuchotements des vieilles aux vêtements rembourrés qui vendaient des cierges ou des médailles et qui parlaient argent du matin au soir ne l'importunèrent pas. Elle ne se laissa même pas distraire par un sacristain empressé qui essayait d'obtenir un pourboire pour une chose ou une autre, et qui, de dépit, la fit changer de place, sous prétexte de réparer un carreau du dallage. Bientôt elle sortit au soleil et alla s'asseoir sur les marches de la fontaine. Elle suivit des yeux les petites processions de malades qui évoluaient lentement dans les jardins. Elle contempla trois faucons qui fondaient du haut du ciel. Les enfants qui jouaient près de la fontaine la regardèrent un moment puis s'éloignèrent, inquiets, mais un lama — une femelle avec un long cou et des yeux doux et vides, écrasée sous un collet de fourrure trop lourd pour elle et qui descendait, en choisissant délicatement la place de ses pattes, un interminable escalier — s'approcha et lui tendit à caresser un museau velouté. Le lama est un animal qui s'intéresse beaucoup aux êtres humains qui l'entourent; il lui plaît même de se prendre pour l'un d'eux et de passer la tête dans un groupe de discoureurs comme s'il allait dire son mot et introduire un commentaire triste mais utile. Doña

Maria ne tarda pas à être environnée de plusieurs dames lamas qui paraissaient sur le point de lui demander pourquoi elle joignait ainsi les mains et combien son voile avait coûté le mètre.

Doña Maria avait pris ses dispositions pour que toute lettre venant d'Espagne lui fût apportée immédiatement par un exprès. Elle avait depuis Lima voyagé avec lenteur et, alors qu'elle était assise en cette place, l'un de ses garçons de ferme survint au pas de course et lui remit un gros paquet entouré de cachets de cire. Elle le défit posément. Avec des gestes mesurés et stoïques elle lut d'abord un billet affectueux et enjoué de son gendre, puis la lettre de sa fille. Elle était pleine de phrases blessantes, d'un tour assez brillant, peut-être écrites pour faire souffrir élégamment, par pure virtuosité. Chacune de ces phrases passa par les yeux de la marquise, puis, soigneusement enveloppée de compréhension et de pardon, s'enfonça dans son cœur. Enfin elle se leva, dispersa gentiment les sympathiques lamas et, la physionomie grave, retourna au sanctuaire.

*

Pendant que doña Maria passait la fin de l'après-midi à l'église et sur la place, Pepita était restée pour préparer leur logement. Elle montra aux porteurs où ils devaient déposer les grands paniers d'osier et se mit à déballer l'autel, le brasero, les tapisseries, et les portraits de doña Clara. Elle descendit à la cuisine et donna à la cuisinière des instructions précises sur la préparation d'un certain potage qui formait le fond de la nourriture de la marquise.

Puis elle remonta à l'appartement et attendit. Elle résolut d'écrire une lettre à l'abbesse. Elle resta un long moment la plume en l'air, regardant fixement au loin, la lèvre tremblante. Elle voyait le visage de la Mère Maria del Pilar, rougeaud et récuré, ses merveilleux yeux noirs. Elle entendait sa voix comme au temps où, à la fin du repas du soir et devant les orphelines assises, regard baissé et mains croisées, elle commentait les incidents de la journée, ou que, à la lueur des bougies, debout au milieu des lits de l'hôpital, elle donnait le sujet de méditation pour la nuit. Mais plus nettement que tout Pepita se rappelait les entretiens imprévus où l'abbesse — n'osant attendre que la petite fille fût plus âgée, — avait discuté avec elle les devoirs de sa fonction. Elle avait parlé à Pepita d'égale à égale. De tels propos sont troublants et surprenants pour une enfant intelligente, et la mère Maria del Pilar en avait abusé. Elle avait élargi, au-delà de toute proportion avec l'âge de Pepita, sa vision de ce qu'elle devait sentir et faire. Et, sans y penser, elle avait dirigé sur Pepita toute la flamme de sa personnalité, comme Jupiter la sienne sur Sémélé. Pepita était effrayée par le sentiment de son insuffisance : elle le dissimulait et pleurait. Et puis l'abbesse avait lancé l'enfant dans la discipline de cette longue solitude, où Pepita luttait, se refusant à se croire abandonnée. Maintenant, dans cette étrange auberge de ces étranges montagnes, où l'altitude l'étourdissait, Pepita soupirait après la chère présence, la seule chose réelle de son existence.

Elle écrivit une lettre qui n'était que taches d'encre et incohérence. Ensuite elle descendit pour se procurer du charbon de bois et pour goûter le potage.

*

La marquise, dès son retour, s'assit à la table en murmurant : « Je ne peux pas faire plus. Ce qui doit arriver arrivera. » Elle détacha de son cou les amulettes de ses superstitions et les jeta dans le brasero étincelant. Elle avait le sentiment bizarre d'avoir indisposé Dieu par un excès de prières; aussi ne s'adressait-elle plus à lui qu'indirectement. « Après tout, la chose est au pouvoir d'un autre. Je ne prétends plus à la moindre influence. Ce qui arrivera, arrivera. » Elle resta longtemps assise, la tête dans ses mains, le cerveau vide. Ses yeux tombèrent sur la lettre de Pepita. Elle l'ouvrit machinalement et se mit à la lire. Elle en avait parcouru une bonne moitié sans se rendre compte de la signification des mots : « ...mais tout cela n'est rien si vous m'aimez et si vous désirez que je reste auprès d'elle. Je ne devrais pas vous le dire, mais à chaque instant les méchantes femmes de chambre m'enferment dans une pièce et volent des objets : peut-être ma maîtresse croira-t-elle que c'est moi qui les dérobe. J'espère que non. J'espère aussi que vous allez bien et que vous n'avez pas d'ennuis à l'hôpital ni nulle part. Quoique je ne vous voie jamais, je pense à vous tout le temps et je me rappelle ce que vous m'avez dit, ma chère mère en Dieu. Je ne veux faire que ce que vous désirerez, pourtant si vous pouviez me permettre de revenir passer quelques jours au couvent... mais non si vous ne voulez pas. Je suis si souvent seule, et sans parler à personne, et tout le reste... Quelquefois je ne sais plus si vous ne m'avez pas oubliée, et si vous pouviez trouver une minute pour m'écrire une petite lettre, ou le moindre mot, je la garderais... Mais je sais à quel point vous êtes occupée... »

Doña Maria ne lut pas plus loin. Elle plia la lettre et la mit de côté. Elle se sentit un moment pleine d'envie : elle aurait voulu dominer une autre âme aussi complètement que cette nonne savait le faire. Par-dessus tout elle souhaitait ardemment revenir à cette simplicité d'amour, rejeter le fardeau de l'orgueil et de la vanité qu'avait toujours porté la sienne. Pour apaiser le désordre de son esprit, elle prit un livre de dévotion et essaya de fixer son attention sur les mots. Mais au bout d'un instant elle éprouva soudain le besoin de relire la lettre en entier, de surprendre, si possible, le secret d'une pareille félicité.

Pepita revint apportant elle-même le dîner, et suivie d'une servante. Doña Maria l'observait pardessus son livre comme elle aurait contemplé un visiteur descendu du ciel. Pepita allait et venait dans la pièce, sur la pointe des pieds, mettant le couvert et donnant à mi-voix des ordres à son aide.

« Votre dîner est prêt, madame, dit-elle enfin.

— Mais, mon enfant, vous allez dîner avec moi ? »

A Lima, Pepita s'asseyait généralement à table avec sa maîtresse.

« J'ai pensé que vous seriez fatiguée, madame, et j'ai dîné en bas. »

« Elle ne désire pas manger avec moi, pensa la marquise, elle me connaît et elle m'a rejetée. »

« Aimeriez-vous que je vous fisse la lecture pendant votre dîner, madame ? demanda Pepita, qui sentait qu'elle avait commis une maladresse.

— Non, vous pouvez aller au lit, si vous voulez.

— Merci, madame. »

Doña Maria s'était levée et approchée de la table. Une main sur le dossier de la chaise elle dit avec hésitation : « Ma chère enfant, j'enverrai une lettre à Lima demain matin. Si vous en avez une, vous pouvez la joindre à la mienne.

— Non, je n'en ai pas », dit Pepita, et elle se hâta d'ajouter : « Il faut que je descende chercher encore du charbon.

— Mais, ma chère, vous en avez une pour...

la mère Maria del Pilar. Vous ne voudriez pas... ? »

Pepita fit semblant d'être très occupée par le brasero.

« Non, dit-elle, je ne vais pas l'envoyer. » Elle sentit, pendant le long silence qui suivit, que la marquise la regardait avec stupéfaction. « J'ai changé d'avis.

— Je sais qu'elle aimerait recevoir une lettre de vous, Pepita. Cela lui ferait très grand plaisir, j'en suis sûre. »

Pepita rougissait. Elle dit très haut :

« L'aubergiste m'a dit qu'il y aurait du nouveau charbon de bois pour vous ce soir. Je vais lui dire de le monter maintenant. »

Elle lança un coup d'œil furtif à la vieille femme et vit qu'elle n'avait pas cessé de la regarder fixement avec de grands yeux tristes qui interrogeaient. Pepita trouvait que ce n'étaient pas là des choses dont on parle, mais l'étrange femme paraissait prendre cette question si à cœur que Pepita consentit à lui accorder encore une réponse :

« Non, c'était une lettre méchante... ce n'était pas une bonne lettre. »

Doña Maria était bel et bien haletante.

« Comment, ma chère Pepita, je trouve qu'elle est très belle. Croyez-moi, je m'y connais. Non, non... en quoi pourrait-ce être une lettre méchante ? »

Pepita fronça le sourcil, cherchant un mot qui mît fin à cet entretien.

« Elle n'est pas... elle n'est pas... courageuse », dit-elle.

Et elle n'ajouta rien. Elle emporta la lettre dans sa chambre où la marquise entendit qu'elle la déchirait. Alors elle se mit au lit et resta étendue, les yeux grands ouverts dans le noir, encore mal à l'aise d'avoir parlé de cette façon. Quant à doña Maria elle s'assit devant son assiette, stupéfaite.

Elle n'avait jamais déployé de courage ni dans la vie ni dans sa tendresse. Ses yeux fouillaient son cœur. Elle songeait à ses amulettes et aux grains de son chapelet, à son intempérance... elle songeait à sa fille. Elle se rappelait leurs longs rapports, encombrés des épaves de conversations exhumées, de prétendus manques d'égard, de confidences inopportunes, d'accusations de négligences et de refus — mais il fallait qu'elle fût folle ce jour-là : elle se souvenait d'avoir frappé sur la table. « Mais ce n'est pas ma faute, cria-t-elle. Ce n'est pas ma faute si j'étais ainsi. Ce sont les circonstances, c'est la façon dont j'ai été élevée. Demain je commence une nouvelle vie. O mon enfant, attendez et vous verrez ! »

Pour finir elle débarrassa la table et s'assit pour écrire ce qu'elle appela sa première lettre, sa première lettre courageuse, en trébuchant et en faisant des fautes d'orthographe. Elle se rappela avec honte que dans la précédente elle avait piteusement demandé à sa fille jusqu'à quel point elle l'aimait, et avait avidement cité les quelques caresses hésitantes que doña Clara avait récemment risquées à son égard. Doña Maria ne pouvait pas effacer ces pages-là, mais elle pouvait en écrire de nouvelles, spontanées et généreuses. Personne d'autre qu'elle ne les a considérées comme trébuchantes. C'est la fameuse lettre LVI, connue des Encyclopédistes comme sa Première aux Corinthiens, à cause de son immortel paragraphe sur l'amour : « Des milliers de personnes que nous rencontrons dans le cours d'une vie, mon enfant... » et la suite. L'aurore allait paraître quand elle eut fini sa lettre. Elle ouvrit la porte-fenêtre qui donnait sur le balcon et contempla les longues files d'étoiles qui brillaient au-dessus des Andes. Pendant toutes les heures de la nuit, bien que peu de gens eussent été capables de l'entendre, tout le ciel avait retenti du chant de ces constellations. Ensuite elle emporta un flambeau dans la chambre voisine et, regardant Pepita dormir, elle écarta du jeune visage les cheveux humides.

« Qu'on me laisse vivre, maintenant, murmura-t-elle, qu'on me laisse recommencer. »

Deux jours après elles repartaient pour Lima, et, en traversant le pont du Roi Saint-Louis, elles périrent dans l'accident que nous savons.

TROISIÈME PARTIE

ESTEBAN

UN matin, on découvrit deux jumeaux dans le panier aux enfants trouvés devant la porte du couvent de Santa Maria Rosa de las Rosas. On leur donna des prénoms presque avant l'arrivée de leur nourrice, mais ils ne leur furent pas aussi utiles que les nôtres à la plupart d'entre nous; personne en effet ne réussit jamais à distinguer ces garçons l'un de l'autre. Il n'y avait aucun moyen de savoir quels étaient leurs parents, mais les commères de Lima remarquant, à mesure qu'ils avançaient en âge, comme ils se tenaient fièrement droits et combien ils étaient sombres et silencieux, les déclarèrent Castillans et les attribuèrent tour à tour à toutes sortes de maisons blasonnées. L'abbesse du couvent ne dédaigna pas de leur servir de tutrice. La mère Maria del Pilar en était venue à haïr tous les hommes, mais elle se prit d'affection pour Manuel et Esteban. Sur la fin de l'après-midi elle les faisait venir volontiers dans son bureau, envoyait chercher des gâteaux à la cuisine et leur racontait des histoires sur le Cid, sur Judas Macchabée, et les trente-six malheurs d'Arlequin. Elle en arriva à les aimer à tel point qu'elle se surprenait à plonger ses regards au fond de leurs yeux noirs et sévères, y cherchant ces expressions qui apparaîtraient quand ils seraient devenus des hommes, toute cette laideur, cette absence d'âme qui rendent hideux ce monde où elle accomplissait sa tâche.

Ils grandirent dans le couvent jusqu'à ce qu'ils eussent un peu dépassé l'âge auquel leur présence commença à donner de légères distractions aux religieuses consacrées. Dès lors ils furent vaguement attachés à toutes les sacristies de la ville : ils taillaient les haies des cloîtres; ils astiquaient tous les crucifix imaginables; ils passaient, une fois par an, un linge mouillé sur la plupart des plafonds ecclésiastiques. Tout Lima les connaissait bien. Lorsqu'un prêtre se hâtait par les rues pour apporter à un malade son précieux viatique, on voyait Esteban ou Manuel marchant à grands pas derrière lui, en balançant un encensoir. Quand ils avancèrent en âge, néanmoins, ils ne montrèrent aucun goût pour la vie ecclésiastique. Ils prirent peu à peu le métier de scribe. Il n'y avait que peu de presses à imprimer dans le Nouveau

Monde, et les deux garçons gagnèrent bientôt largement leur vie à copier des pièces pour le théâtre, des chansons pour la foule et des annonces pour les marchands. Et surtout ils étaient les copistes des chefs de chœurs et reproduisaient sans fin les parties des motets de Morales et de Vittoria.

Comme ils n'avaient pas de famille, comme ils étaient jumeaux, comme ils avaient été élevés par des femmes, ils étaient taciturnes. Ils éprouvaient un curieux sentiment de honte au sujet de leur ressemblance, obligés qu'ils étaient de vivre dans un monde où elle était le sujet de commentaires et de plaisanteries incessantes. Cela ne leur paraissait jamais drôle et ils supportaient ces éternelles railleries avec une patience flegmatique. Dès l'année où ils apprirent à parler, ils inventèrent pour eux-mêmes un langage secret, qui ne procédait guère de l'espagnol pour le vocabulaire, ni même pour la syntaxe. Ils n'y avaient recours que quand ils étaient seuls, ou alors de loin en loin, dans les moments de grande émotion, ils s'en chuchotaient des phrases devant témoins. L'archevêque de Lima était quelque peu philologue, il s'occupait de dialectes, il avait même composé un tableau tout à fait brillant des changements de voyelles et de consonnes entre le latin et l'espagnol, et entre l'espagnol et l'indo-espagnol. Il accumulait des carnets de notes pleins d'une science ingénieuse en vue de la vieillesse amusante qu'il projetait de s'offrir une fois de retour dans sa propriété, aux environs de Ségovie. Aussi quand il entendit un jour parler du langage secret des frères jumeaux, il tailla ses plumes et les envoya chercher. Les deux garçons se tenaient, humbles, sur les riches tapis de son cabinet de travail, tandis qu'il s'efforçait de leur arracher leur « pain » et leur « farine » et leur « je vois » et « je vis ». Ils ne savaient pas pourquoi cette épreuve leur était si pénible. Ils en saignaient. De longs silences troublés succédaient à chacune des questions de l'archevêque, jusqu'à ce qu'enfin l'un ou l'autre marmottât une réponse. Le prélat pensa un moment qu'ils étaient simplement épouvantés par son rang et par le luxe de son appartement, mais à la fin, très perplexe, il devina une cause de répugnance plus profonde et, tristement, il les laissa partir.

Ce langage était le symbole de leur identité absolue, car si le mot « résignation » était insuffisant pour traduire la métamorphose spirituelle qui s'était produite chez la marquise de Montemayor dans cette soirée à l'auberge de Cluxambuqua, de même le terme *amour* n'est pas capable d'exprimer l'unité tacite, presque honteuse d'elle-même, de ces deux frères. De quelle relation s'agit-il quand on n'échange que quelques mots, et cela seulement à propos de détails de nourriture, d'habillement et d'occupations ? quand deux êtres manifestent une curieuse répugnance à échanger un regard ? quand une convention tacite les incite à ne jamais se montrer ensemble dans la ville et à y faire les mêmes courses par des chemins différents ? Et pourtant, ils ressentaient un si terrible besoin l'un de l'autre qu'il accomplissait des miracles, aussi naturellement que l'air chargé d'électricité d'un jour accablant produit des éclairs. Les deux frères en avaient eux-mêmes à peine conscience, mais les phénomènes de télépathie étaient chose commune dans leur existence, et, quand l'un d'eux était en train de rentrer à la maison, l'autre le sentait toujours, alors que son frère en était encore à bonne distance.

Brusquement ils découvrirent qu'ils étaient las d'écrire. Ils descendirent au bord de la mer et trouvèrent à s'occuper dans le chargement et le déchargement des vaisseaux sans avoir honte de travailler côte à côte avec des Indiens. Ils conduisirent des attelages à travers les provinces, ils firent la récolte des fruits, furent passeurs sur des lacs, et toujours taciturnes. Leurs visages sombres prirent à ces labeurs un teint mâle de bohémiens. Ils se faisaient rarement couper les cheveux, et, sous leur chapeau de paille foncé, leurs yeux se levaient soudain, surpris et un peu tristes. Le monde entier, en dehors, pour chacun, de son frère, était lointain, étranger et hostile.

Mais un jour la première ombre tomba sur cette union parfaite, et elle y fut projetée par l'amour.

Revenus à la ville, ils s'y étaient remis à copier des rôles pour le théâtre. Un soir, le directeur, prévoyant une salle clairsemée, leur donna des billets gratuits. Ce que les deux garçons trouvèrent là ne leur plut pas. La simple prose n'était pour eux qu'une forme avilie du silence, combien plus futile encore la poésie qui n'est qu'une forme dépréciée du langage. Toutes ces allusions à l'honneur, à la réputation et aux flammes de l'amour, toutes ces métaphores sur les oiseaux, sur Achille et sur les joyaux de Ceylan étaient fatigantes. En présence de la littérature, ils avaient cette intelligence obscure qui se manifeste un instant dans les yeux d'un chien, mais ils restaient là patiemment, contemplant les lumières brillantes et les riches costumes. Dans les entractes de la comédie, la Périchole, quittant son rôle, mit douze jupes différentes, et dansa devant le rideau. Esteban avait des copies à terminer, ou prit ce prétexte, pour rentrer de bonne heure, mais Manuel resta. Les bas et les souliers rouges de la Périchole l'avaient impressionné.

Les deux frères, pour aller chercher ou rapporter des manuscrits, montaient ou descendaient l'escalier poussiéreux des coulisses. Ils y avaient vu une femme irritable, en corsage malpropre, en train de raccommoder ses bas devant un miroir, pendant que le régisseur lui lisait à haute voix son texte, pour lui rafraîchir la mémoire. Elle avait dirigé sur eux la foudre de ses yeux extraordinaires, regard immédiatement atténué par l'air amusé avec lequel elle avait reconnu en eux des jumeaux. Aussitôt, les faisant entrer dans sa loge elle les avait fait mettre à côté l'un de l'autre. Avec soin, en plaisantant, sans scrupules, elle avait examiné chaque pouce carré de leurs visages, et finalement, posant la main sur l'épaule d'Esteban, elle s'était écriée : « Voilà le plus jeune ! » Cela s'était passé plusieurs années auparavant, et ni l'un ni l'autre depuis n'avait repensé à cet épisode.

Dorénavant toutes les courses de Manuel semblaient l'obliger à passer devant le théâtre. Tard dans la nuit il errait çà et là parmi les arbres, sous les fenêtres de la loge de l'artiste. Ce n'était pas la première fois que Manuel avait été fasciné par une femme — les deux frères avaient connu des femmes, souvent, surtout pendant leurs années de séjour sur la côte, et sans embarras, comme des Latins — mais c'était la première fois que sa volonté et son imagination étaient ainsi dominées. Il avait perdu ce privilège des natures simples, la dissociation de l'amour et du plaisir. Le plaisir n'était plus pour lui chose aussi naturelle que la nourriture, l'amour était venu le compliquer. Alors commença pour lui cette perte affolante de la personnalité, ce mépris de tout ce qui n'est pas la préoccupation cruelle de la bien-aimée, cette vie intérieure fiévreuse qui tournait tout autour de la Périchole, et qui l'aurait tellement étonnée et dégoûtée s'il lui avait été permis de la deviner. Ce Manuel n'était pas devenu amoureux par imitation d'aucune œuvre littéraire. Ce n'était pas à son sujet, en tout cas, que l'esprit le plus mordant de France avait, cinquante ans plus tôt fait cette remarque : « Bien des gens n'auraient jamais été amoureux s'ils n'avaient pas entendu parler de l'amour. » Manuel lisait peu, il n'avait été qu'une fois au théâtre — où règne par-dessus tout cette légende que l'amour est une dévotion — et les chansons qu'il avait pu entendre dans les tavernes du Pérou, contrairement à celles d'Espagne, contenaient fort peu du culte romantique de la femme idéalisée. Quand il se répétait sans cesse qu'elle était belle et riche, et spirituelle à vous en lasser, et la maîtresse du vice-roi, aucun de ces mérites, qui la lui rendaient plus inaccessible, n'avait le pouvoir d'éteindre son étonnante et tendre passion. Aussi restait-il appuyé contre les arbres, dans les ténèbres, à se ronger les poings, à écouter les bruyants battements de son cœur.

Esteban au contraire menait une vie suffisamment remplie. Dans son imagination il n'y avait pas de place pour un second attachement, non que son cœur fût moins grand que celui de Manuel, mais parce qu'il était d'une contexture plus simple. Il découvrait maintenant ce secret, dont on ne se remet jamais complètement, que même dans l'amour le plus parfait, l'un des deux aime moins profondément que l'autre. Il peut y avoir deux personnes également bonnes, également douées, également belles, mais il ne peut jamais y en avoir deux qui s'aiment mutuellement d'un amour égal. Et ainsi

Esteban, assis dans leur chambre, devant une bougie qui coulait, les doigts entre ses dents, se demandait pourquoi Manuel était si changé, et pourquoi leur vie avait perdu toute sa signification.

Un soir Manuel fut arrêté dans la rue par un petit garçon qui lui dit que la Périchole le priait de venir la voir immédiatement. Manuel rebroussa chemin et se rendit au théâtre. Droit comme un i, sombre, apparemment indifférent, il entra dans la loge de l'actrice, s'arrêta et attendit. Camilla avait à demander un service à Manuel et elle pensait qu'il était nécessaire de l'amadouer par quelques douceurs préliminaires, mais elle ne cessa guère de peigner une perruque blonde qu'elle avait sur une table, devant elle.

« Vous écrivez des lettres pour le public, n'est-ce pas ? Je désire, s'il vous plaît, que vous en écriviez une pour moi. Mais entrez, je vous en prie. »

Il avança de deux pas.

« Vous ne me faites jamais de visites ni l'un ni l'autre. Ce n'est pas espagnol de votre part — elle voulait dire « courtois » Qui êtes-vous, Manuel ou Esteban ?

— Manuel.

— Peu importe. Vous n'êtes pas aimable, tous les deux. Aucun de vous ne me rend jamais visite. Je reste là toute la journée à apprendre des vers stupides et personne ne vient jamais me voir, sinon une foule de petits marchands. C'est parce que je suis une actrice... non ? »

Cela n'était pas bien habile, mais pour Manuel c'était une complication inouïe. Il se contenta de la regarder, sous l'ombre que lui faisaient ses longs cheveux, et la laissa improviser.

« Je vais vous charger d'écrire une lettre pour moi, une lettre tout à fait secrète. Mais je vois que vous ne m'aimez pas et que, si je vous demande d'écrire une lettre, autant vaudrait la lire tout haut dans toutes les boutiques de marchands de vin. Que veut dire cet air que vous prenez, Manuel ? Etes-vous mon ami ?

— Oui, señora.

— Allez-vous-en, envoyez-moi Esteban. Vous ne dites même pas « Oui, señora » comme le dirait un ami. »

Un long silence. Bientôt elle releva la tête. « Etes-vous toujours là, mauvais ami ?

— Oui, señora... vous pouvez vous fier à moi pour faire n'importe quoi pour vous..., vous pouvez avoir confiance...

— Si je vous demande d'écrire une lettre pour moi, ou deux, vous promettez de ne jamais dire à un être humain ce qu'elles contiendront, ou même que vous les avez écrites ?

— Oui, señora.

— Sur quoi le promettez-vous ? Sur la Vierge Marie ?

— Oui señora.

— Et sur le cœur de Sainte Rose de Lima ?

— Oui, señora.

— Par le nom des noms, Manuel, on vous croirait aussi stupide qu'un bœuf. Manuel, je suis très fâchée contre vous. Vous n'êtes pourtant pas stupide, vous n'en avez pas l'air. Je vous en prie, ne répétez pas encore uniquement : « Oui, señora. » Ne soyez pas ridicule, ou j'envoie chercher Esteban. Qu'est-ce que vous avez ? »

Alors Manuel se lança dans la langue espagnole et s'écria, avec plus de vigueur qu'il n'était nécessaire :

« Je jure par la Vierge et par le cœur de Sainte Rose de Lima que tout ce qui concerne la lettre demeurera secret.

— Même pour Esteban ? insista la Périchole.

— Même pour Esteban.

— Voilà qui est mieux. »

Elle le fit asseoir devant une table où était préparé tout ce qu'il fallait pour écrire. Tout en dictant, elle marchait à grands pas dans sa loge, ondulant des hanches et fronçant les sourcils. Elle avait croisé les bras, d'un air de défi, pour serrer son châle autour de ses épaules.

« Camilla Périchole baise les mains de Votre « Excellence et dit... » — Non, prenez une autre feuille de papier et recommencez. — « La señora « Micaela Villegas, artiste, baise les mains de Votre « Excellence et déclare, qu'étant victime des envieux « et des amis perfides que la bonté de Votre Excel« lence admet auprès d'Elle, elle ne peut pas sup« porter plus longtemps la jalousie et les soupçons

« de votre Excellence. La servante de Votre Excellence
« a toujours apprécié à sa valeur l'amitié de Votre
« Excellence, et n'a jamais commis ou seulement
« songé à commettre la moindre offense contre Elle,
« mais elle ne peut plus lutter contre les calomnies
« que Votre Excellence croit si facilement. La señora
« Villegas, artiste, surnommée la Périchole, renvoie
« donc ci-joint ceux des présents de Votre Excellence
« qui ne lui ont pas été donnés de façon irrévocable,
« puisque, sans la confiance de Votre Excellence,
« Sa servante ne peut y prendre aucun plaisir. »

Camilla continua à marcher dans la pièce pendant plusieurs minutes, absorbée dans ses pensées. Puis, sans même jeter un regard à son secrétaire, elle ordonna :

« Prenez une autre feuille de papier :

« Etes-vous devenu fou ? Ne songez plus jamais
« à me dédier un taureau. Cela a provoqué une
« scène terrible. Le ciel vous protège, cher étour-
« di. Vendredi soir, au même endroit, à la même
« heure. Il se pourrait que je fusse un peu en
« retard, car le renard a les yeux grands ou-
« verts. »

« Ce sera tout. »

Manuel se leva.

« Vous jurez que vous n'avez commis aucune erreur ?

— Oui, je le jure.

— Voici votre argent. »

Manuel prit l'argent.

« J'aurai besoin de vous pour m'écrire d'autres lettres de temps à autre. Mon oncle Pio me les rédige en général; de celles-là, je ne tiens pas à ce qu'il soit au courant. Bonne nuit. Allez avec Dieu.

— Allez avec Dieu. »

Manuel redescendit l'escalier et resta longtemps sous les arbres, sans penser, sans faire un mouvement.

*

Esteban savait que son frère ne cessait de rêver à la Périchole, mais il ne soupçonna jamais qu'il la voyait. De temps à autre pendant les deux mois qui suivirent, un petit garçon l'aborda en grande hâte et lui demanda s'il était Manuel ou Esteban, et sur la réponse qu'il était Esteban le gamin ajoutait qu'on demandait Manuel au théâtre. Esteban supposait qu'il s'agissait d'un travail de copie, aussi n'était-il pas du tout préparé à la visite qu'ils reçurent un soir dans leur chambre.

Il était près de minuit. Esteban s'était couché, et, de sous sa couverture, regardait la bougie à la lueur de laquelle travaillait son frère. Un coup léger fut frappé à la porte et Manuel l'ouvrit pour faire entrer une femme entièrement voilée, hors d'haleine et nerveuse. Rejetant l'écharpe de dentelle qui lui couvrait la figure, elle dit précipitamment :

« Vite, de l'encre et du papier. Vous êtes Manuel, n'est-ce pas ? Il faut m'écrire une lettre sur-le-champ. »

Son regard se posa un moment sur les deux yeux brillants qui la dévisageaient du bord du lit. Elle murmura :

« Heu... il faut m'excuser..., je sais qu'il est tard, mais c'était indispensable, j'ai dû venir. »

Puis, se tournant vers Manuel, elle lui chuchota à l'oreille :

« Ecrivez ceci :

« La Périchole n'a pas l'habitude d'attendre à « un rendez-vous... » ... Vous avez achevé cette phrase ? « Vous n'êtes qu'un *cholo* et il y a de meilleurs « matadors que vous, même à Lima. Je suis à « moitié Castillane, et il n'y a pas de meilleures « actrices au monde. Vous n'aurez pas occasion... » Vous y êtes ?... « de me faire attendre une seconde « fois, *cholo*, et c'est moi qui rirai la dernière, « car même une actrice ne vieillit pas aussi vite « qu'un torero ».

Pour Esteban, dans l'ombre, l'image de Camilla, penchée sur la main de son frère prouvait de toute évidence qu'il s'était noué entre eux des rapports d'une intimité nouvelle qu'il ne connaîtrait jamais. Il eut l'impression de disparaître, infiniment petit, infiniment superflu, dans l'espace. Il jeta encore un coup d'œil sur ce tableau de l'Amour, paradis dont il était exclu, et il se retourna contre le mur.

Camilla saisit le billet aussitôt qu'il fut achevé,

posa une pièce d'argent sur la table, et, en coup de vent, dans un dernier tourbillon de dentelles noires, de colliers rouges et de chuchotements agités, elle sortit de la pièce. Manuel revint de la porte, son bougeoir à la main, et s'assit, penché en avant, les mains sur les oreilles, les coudes sur les genoux. Il l'adorait. Il se murmurait sans arrêt à lui-même qu'il l'adorait, faisant de cette musique intérieure une sorte d'incantation qui lui interdisait de réfléchir.

Son cerveau s'étant vidé de tout ce qui n'était pas ce chantonnement monotone, ce vide lui permit de remarquer l'humeur d'Esteban. Il lui semblait entendre une voix, sortant de l'ombre, qui disait : « Va, Manuel, suis-la, ne reste pas ici... tu seras heureux, il y a place pour nous tous en ce monde. » Puis la vision prit une réalité plus intense et il se représenta mentalement Esteban qui s'en allait bien loin et qui, en partant, répétait plusieurs fois adieu. Il fut rempli de terreur, et à la lueur de cette crainte il vit que tous les autres attachements du monde n'étaient que des ombres, ou des illusions de la fièvre, même la mère Maria del Pilar, même la Périchole. Il ne pouvait se rendre compte pourquoi la détresse d'Esteban se présentait à lui comme l'exigence d'un choix entre lui et la Périchole, mais il pouvait comprendre que la détresse d'Esteban était une vraie détresse. Alors, aussitôt il lui sacrifia tout, si l'on peut dire que nous sacrifions jamais quelque chose, excepté ce que nous savons ne pouvoir jamais atteindre, ou ce qu'une sagesse mystérieuse nous dit qu'il serait pénible ou attristant de posséder. A coup sûr, Esteban ne pouvait légitimement se plaindre de rien. Il ne s'agissait pas de jalousie car, dans leurs aventures précédentes, il n'était jamais venu à l'esprit de l'un ou de l'autre que leur mutuelle fidélité fût diminuée. C'était uniquement ceci, que dans le cœur de l'un d'eux il restait de la place pour un attachement, produit de l'imagination, et que dans le cœur de l'autre il n'y en avait pas. Manuel ne pouvait pas très bien comprendre cela, et, comme nous le verrons, il éprouvait le sentiment vague d'être accusé injustement. Mais il sentait qu'Esteban souffrait. Dans son trouble il cherchait un moyen de retenir ce frère qui semblait se retirer dans le lointain. Et aussitôt, dans un élan résolu de sa volonté, il chassa la Périchole de son cœur.

Soufflant la bougie il s'étendit sur son lit. Il tremblait. Il dit tout haut, d'un ton dont il exagérait l'indifférence :

« Eh bien, c'est la dernière lettre que j'écris pour cette femme. Elle peut aller chercher un entremetteur autre part. Si jamais elle vient ici, ou m'envoie chercher quand je serai sorti, tu le lui diras. Et que ce soit bien net. Je ne veux plus avoir à faire à elle ! »

Et sur ce il se mit à réciter à haute voix sa prière du soir. Mais à peine en était-il arrivé à « *a sagitta volante in die* » qu'il s'aperçut qu'Esteban s'était levé et allumait la bougie.

« Qu'y a-t-il ? demanda-t-il.

— Je sors me promener », répliqua Esteban, d'un air sombre, tout en agrafant sa ceinture.

Au bout d'un moment il éclata, un peu de colère dans la voix :

« Tu n'as pas besoin de dire, pour moi,... ce que tu viens de dire. Cela m'est bien égal que tu écrives ses lettres, ou non. Tu n'as rien à changer pour moi. Cela ne me regarde pas.

— Recouche-toi, imbécile que tu es. Mon Dieu que tu es bête, Esteban. Qu'est-ce qui t'a fait supposer que j'ai dit cela pour toi ? Tu ne crois donc pas que je suis sincère quand j'affirme que j'en ai assez d'elle ? Est-ce que tu te figures que j'ai envie d'écrire encore pour elle de ces lettres malpropres, et de me faire payer pour ça ?

— Ça va bien... tu l'aimes. Tu n'as pas à renoncer à elle à cause de moi.

— Je *l'aime* ? Tu perds la tête, Esteban. Comment pourrais-je l'aimer ? Qu'aurais-je à espérer ? Imagines-tu qu'elle me ferait écrire ces lettres si j'avais la moindre chance ? Te figures-tu qu'elle me mettrait chaque fois une pièce de monnaie sur la table ?... Tu es fou, Esteban, voilà tout. »

Il y eut un long silence. Esteban ne voulait pas se remettre au lit. Il était assis à côté de la bougie, au milieu de la chambre, et frappait des doigts sur le bord de la table.

« Couche-toi, imbécile ! » cria Manuel, en se dressant sur un coude sous la couverture. — Il employait leur langage secret, et la douleur nouvelle qui lui déchirait le cœur donnait un accent plus marqué de réalité à sa colère supposée. « Je me sens très bien.

— Je ne veux pas. Je vais aller marcher, riposta Esteban en prenant son manteau.

— Tu ne peux pas sortir te promener. Il est deux heures du matin, il pleut... tu ne peux pas aller errer comme ça pendant des heures. Ecoute, Esteban, je te jure qu'il ne reste rien de tout cela. Je ne l'aime pas... je l'ai seulement aimée quelque temps. »

A ce moment-là Esteban se tenait debout dans le cadre noir de la porte ouverte. De cette voix artificielle que nous prenons pour faire les déclarations les plus importantes de notre vie, il murmura :

« Je te gêne », et il fit demi-tour pour sortir. Manuel sauta à bas de son lit. Il avait, à ce qu'il lui semblait, la tête pleine de bruit, une voix lui criait qu'Esteban s'en allait pour toujours, le laissant seul à jamais.

« Au nom du Ciel, Esteban, au nom du Ciel, reviens. »

Esteban se remit au lit, et ils n'abordèrent plus ce problème pendant plusieurs semaines. Dès le lendemain soir Manuel eut occasion de déclarer sa résolution. Un messager lui arriva de la part de la

Périchole, et fut prié, rudement, d'avertir l'actrice que Manuel n'écrirait plus de lettres pour elle.

*

Un soir, Manuel se déchira le genou sur un morceau de fer.

Ni l'un ni l'autre des deux frères n'avait jamais connu un jour de maladie, et voilà que Manuel, complètement désorienté, regardait sa jambe enfler et sentait dans sa chair le flux et le reflux de la douleur. Esteban, assis à côté de lui, examinait le visage de son frère essayant d'imaginer ce que pouvait être une grande souffrance. Enfin, un soir, à minuit, Manuel se souvint d'avoir vu en ville l'enseigne d'un barbier qui se flattait d'être aussi chirurgien. Esteban courut le chercher. Il tambourina à la porte de la boutique : une femme se pencha bientôt à la fenêtre et annonça que son mari serait de retour le lendemain matin. Pendant les heures épouvantables qui suivirent, ils se répétèrent mutuellement que, quand le docteur aurait vu la jambe, tout irait bien. Il y ferait quelque chose, et Manuel circulerait en ville dans un jour ou deux, le lendemain peut-être... moins d'un jour après, qui sait ?

Le barbier arriva et prescrivit divers onguents et potions. Il enseigna à Esteban à mettre, toutes les heures, des compresses froides sur la jambe de son frère. Puis il se retira, et les deux frères restèrent à attendre que la douleur s'apaisât. Mais tandis qu'ils continuaient à se regarder dans les yeux, attendant que se produisît le miracle de la science, les souffrances s'accentuèrent. Toutes les heures Esteban s'approchait avec un linge mouillé, et ils s'aperçurent que le moment de cette application glacée était le pire de tous. Malgré tout son courage, Manuel ne pouvait s'empêcher de pousser des hurlements et de se tordre sur son lit. La nuit vint, et Esteban continua obstinément à attendre, à veiller, et à faire sa tâche. Neuf heures, dix heures, onze heures... Chaque fois que le tintement des cloches si harmonieuses annonçait un nouvel enveloppement froid, Manuel suppliait Esteban de lui épargner cette torture. Il avait recours à la ruse et prétendait qu'il ne sentait presque plus rien. Mais Esteban, le cœur crevé de douleur, les lèvres comme une barre de fer, relevait la couverture et nouait impitoyablement la serviette sur le genou malade. Peu à peu Manuel était pris de délire, et, sous l'effet de cette application, toutes les pensées que, dans son bon sens, il ne se permettait pas, sortaient amplifiées de ses lèvres.

Enfin, à deux heures du matin, à bout de fureur et de souffrance, et se lançant à moitié hors du lit, au point que sa tête frappa le plancher, Manuel cria :

« Que Dieu voue ton âme au plus cruel des enfers et que mille démons te torturent éternellement, Esteban ! Dieu damne ton âme, tu m'entends ? »

Tout d'abord, la respiration coupée, Esteban sortit sur le palier et s'appuya contre la porte, la bouche et les yeux grands ouverts. Il entendait toujours la voix qui de la chambre lui jetait :

« Oui, Esteban, que Dieu damne à jamais ton âme abominable, entends-tu ? Tu t'es interposé entre moi et ce qui m'appartenait de droit. Elle était à moi, entends-tu, et au nom de quoi tu... »

Et il se lançait dans une description détaillée de la Périchole.

Ces explosions se reproduisaient toutes les heures. Il fallut quelque temps à Esteban pour se rendre compte que son frère, dans ces moments-là, n'avait plus sa tête. Après quelques minutes d'une horreur que lui inspirait surtout sa piété religieuse, il rentrait dans la chambre et, tête basse, faisait son devoir.

Vers l'aube son frère redevint plus calme. — Quelle est en effet la douleur humaine à laquelle l'aurore ne paraisse apporter un soulagement ? — Ce fut dans une de ces accalmies que Manuel dit très tranquillement :

« Fils de Dieu ! Je me sens mieux, Esteban. Après tout, ces applications froides doivent avoir du bon. Tu verras que demain je pourrai me lever et circuler. Tu n'as pas dormi depuis plusieurs jours, mais tu vas voir, je ne te donnerai plus de mal, Esteban.

— Que tu es sot, cela ne me donne aucune peine.

— Il ne faut pas m'écouter quand j'essaie de

t'empêcher de me mettre des linges mouillés, Esteban. »

Un long silence. Enfin, d'une voix à peine perceptible, Esteban prononça :

« Je crois... tu ne penses pas que ce serait bien que j'envoie chercher la Périchole ? Elle pourrait venir te voir quelques minutes, je veux dire...

— Elle ? Tu penses encore à elle. Pour rien au monde je ne voudrais la voir ici... Non. »

Mais Esteban n'avait pas dit son dernier mot. Il tira encore quelques phrases du plus profond de son être :

« Manuel, tu as toujours le sentiment, n'est-ce pas, que je me suis interposé entre toi et la Périchole, et tu ne te souviens pas que je t'ai dit que cela ne me faisait rien du tout. Je te jure que j'aurais été enchanté si tu étais parti avec elle, ou si tu avais fait n'importe quoi.

— Pourquoi reviens-tu là-dessus, Esteban ? Je t'affirme, sur le saint nom de Dieu, que je ne pense jamais à cela. Elle ne m'est rien. Quand vas-tu oublier cette histoire, Esteban ? Je suis heureux, je te le répète, que les choses soient comme elles sont. Ecoute, tu me fâcheras si tu t'obstines à revenir là-dessus.

— Manuel, je n'en aurais pas reparlé, seulement quand tu t'emportes contre moi à propos des compresses... tu... tu t'irrites à ce sujet-là aussi. Tu en parles, et tu...

— Ecoute, je ne suis pas responsable de ce que je

dis. Ma maudite jambe me fait souffrir, dans ces moments-là, tu comprends.

— Alors, tu ne m'envoies pas au diable parce que... parce qu'il semble que je me sois mis entre toi et la Périchole ?

— T'envoyer au... ? Qu'est-ce qui te fait dire ça, Esteban ? Tu perds la tête, tu t'imagines des choses. Tu as manqué de sommeil, Esteban, j'ai été un fléau pour toi, et tu ruines ta santé, à cause de moi. Mais tu verras, je ne te donnerai plus beaucoup de tourment. Comment pourrai-je te souhaiter l'enfer, quand tu es tout ce que je possède au monde ? Comprends, rends-toi compte, que quand tu me mets cet enveloppement glacé, je ne suis plus moi-même, voilà tout. Tu le sais, n'est-ce pas ? Ne pense plus à cela. Allons, il est l'heure que tu recommences : je ne dirai pas un mot.

— Non, Manuel, nous allons en sauter un. Tu ne t'en porteras pas plus mal. Rien que celui-ci...

— Il faut que je guérisse, Esteban. Il faut que je me lève bientôt, tu le sais. Mets-moi la compresse. Une minute seulement.... donne-moi le crucifix. Je jure par le sang et le corps du Christ que si je dis quoi que ce soit contre Esteban, je ne le pense pas, et que ce ne sont que des paroles absurdes, quand j'ai du délire, à cause de ma souffrance dans la jambe. Que Dieu me guérisse très vite! *Amen*. Remets l'enveloppement. Là. Tu vois, je suis prêt.

— Ecoute, Manuel, cela n'aura aucune importance si je supprime uniquement cette application, voyons! Et ce sera bon pour toi, certainement, de ne pas t'énerver cette fois-ci.

— Non, il faut que je me rétablisse : le docteur m'a ordonné ce traitement. Je ne dirai pas un mot, Esteban. »

Et tout recommença.

La seconde nuit, une fille qui habitait la chambre voisine et qu'indignait un tel langage se mit à frapper à la cloison. De l'autre chambre, un prêtre sortit sur le palier et vint cogner à la porte. Tout l'étage, exaspéré, se rassemblait devant la chambre des deux frères. L'aubergiste monta et promit à voix haute à ses clients que les jumeaux seraient jetés à la rue dès le lendemain matin. Esteban, sa bougie à la main, apparut et souffrit toutes leurs insultes, mais ensuite il appuya sa main sur la bouche de son frère lorsque les douleurs étaient trop vives. Ce geste ne fit qu'augmenter contre lui la fureur de Manuel qui délira toute la nuit. Le troisième soir Esteban fit appeler un prêtre; au milieu d'ombres gigantesques, Manuel reçut le dernier sacrement, et mourut!

*

Alors, Esteban évita leur maison. Il s'en allait pour de longues promenades mais, bientôt, il revenait rôder dans les parages en dévisageant les passants, à deux ou trois rues de la chambre où gisait son frère.

L'aubergiste, ne réussissant pas à rien obtenir de lui, se souvint que les deux garçons avaient été élevés au couvent de Santa Maria Rosa de Las Rosas et envoya chercher l'abbesse. Simplement, énergiquement, elle fit faire tout le nécessaire. Pour finir elle alla parler à Esteban au coin de la rue. Il la vit approcher d'un œil où se mêlaient le désir et la défiance. Mais dès qu'elle fut à côté de lui il se détourna et regarda de l'autre côté.

« J'ai besoin que tu m'aides. Est-ce que tu ne veux pas venir voir ton frère ? Tu ne veux pas rentrer m'aider ?

— Non.

— Tu ne veux pas m'aider ! »

Un long silence. Soudain, tandis qu'elle était là, à ne savoir que faire, le souvenir d'un incident, vieux de plusieurs années lui traversa l'esprit : les jumeaux — ils avaient alors environ quinze ans —, étaient assis devant elle qui leur racontait l'histoire du crucifiement. Leurs grands yeux graves étaient fixés sur ses lèvres. Tout à coup Manuel avait crié avec force : « Si Esteban et moi nous avions été là, nous l'aurions empêché. »

« Eh bien, alors, si tu ne veux pas m'aider, veux-tu me dire lequel des deux tu es ?

— Manuel, dit Esteban.

— Manuel, ne veux-tu pas venir t'asseoir un moment avec moi là-haut ? »

Après un long silence il dit :

« Non.

— Mais, Manuel, mon cher Manuel, tu ne te rappelles donc pas tout ce que vous faisiez pour moi quand vous étiez enfants ? Vous étiez toujours prêts à me faire de petites commissions en ville. Quand j'étais malade, vous obteniez de la cuisinière qu'elle vous permette de m'apporter ma soupe. (Une autre femme aurait dit : « Te souviens-tu de tout ce que j'ai fait pour vous ? »)

— Oui.

— Moi aussi, Manuel, j'ai fait une perte... moi-aussi... jadis. Nous savons que Dieu les a pris entre ses mains... »

Mais ces paroles ne firent aucun effet. Esteban se détourna lentement et s'éloigna d'elle. Quand il eut fait une vingtaine de pas, il s'arrêta et coula un regard dans une rue transversale, comme un chien qui veut se sauver, mais qui hésite à déplaire au maître qui le rappelle.

C'est tout ce qu'on put obtenir de lui. Quand l'affreux cortège traversa la ville, avec ses capuces et ses masques noirs, ses cierges, pâles dans le grand jour, son étalage de crânes entassés, ses psaumes terrifiants, Esteban le suivit dans des rues parallèles, se contentant de l'apercevoir de loin, par moments, comme un sauvage.

Tout Lima s'intéressait à cette séparation des deux frères. Les ménagères, tout en étalant leurs tapis sur les balcons, en parlaient avec compassion. Dans les tavernes les hommes, en y faisant allusion, secouaient la tête et fumaient quelques instants en silence. Des voyageurs, qui revenaient de l'intérieur, racontaient avoir vu Esteban errer, avec des yeux luisants comme des charbons, dans le lit desséché des rivières ou à travers les ruines imposantes de l'antique race. Le pâtre d'un troupeau de lamas l'avait rencontré au sommet d'une colline, endormi ou hébété, tout trempé de rosée, sous les étoiles. Des pêcheurs le surprirent en train de nager loin du rivage. De temps à autre il trouvait quelque travail à faire, comme berger ou comme charretier, mais au bout de quelques mois il disparaissait et passait d'une province à une autre. Cependant il revenait toujours à Lima. Un jour, il se présenta sur le seuil de la loge de la Périchole, il sembla vouloir lui parler, la regarda d'un air grave, puis s'éloigna. Un beau matin, une sœur entra en courant dans le bureau de la mère Maria del Pilar annonçant qu'Esteban (que tout le monde appelait Manuel) rôdait devant la porte du couvent. L'abbesse se précipita dans la rue. Depuis des mois elle se demandait quelle stratégie pourrait décider ce demi-dément à revenir vivre parmi elles. Elle prit l'air le plus grave et le plus calme qu'elle put, et, paraissant sur la porte de la rue, elle murmura « Mon ami », et le dévisagea. Il lui rendit son regard avec cette même expression de désir et de méfiance qu'il lui avait déjà montrée, et resta immobile et tremblant. Elle chuchota de nouveau : « Mon ami », et avança d'un pas. Brusquement Esteban fit demi-tour, et, prenant sa course, disparut. La mère Maria del Pilar rentra en chancelant dans son bureau et tomba à genoux, en s'écriant avec irritation : « J'ai demandé la sagesse dans mes prières, et Tu ne me l'as pas donnée. Tu n'as pas consenti à m'accorder la moindre grâce. Je ne suis qu'une laveuse de planchers... » Mais pendant la pénitence qu'elle s'était infligée pour cette impudence, l'idée lui vint d'envoyer chercher le capitaine Alvarado. Trois semaines plus tard elle eut avec lui une conversation de dix minutes. Et le lendemain il partait pour Cuzco, où, disait-on, Esteban faisait des copies pour l'Université.

C'était une étrange et noble figure du Pérou de cette époque que celle du capitaine Alvarado, le voyageur. Tanné et desséché par toutes les intempéries, il se tenait, les jambes écartées, les pieds en équerre, comme s'ils étaient plantés sur le pont mouvant d'un navire. Il avait des yeux étranges, déshabitués de regarder de près, trop accoutumés qu'ils étaient à guetter l'apparition d'une constellation entre deux nuages, et les contours d'un cap sous la pluie. Ses voyages, pour la plupart d'entre nous, expliquaient suffisamment son humeur taciturne, mais la marquise de Montemayor avait d'autres vues sur la question.

« Le capitaine Alvarado, écrivait-elle à sa fille, vous apportera cette lettre lui-même. Présentez-le à quelques-uns de vos géographes, mon trésor, quoique cela puisse leur causer une certaine gêne, car c'est un diamant de sincérité. Ils ne verront jamais personne qui ait été si loin. Hier soir il m'a raconté quelques-uns de ses voyages. Représentez-vous le faisant avancer sa proue à travers une mer d'algues, fendant un banc de poissons, épais comme un nuage de sauterelles en juin, ou voguant entre des îlots de glace. Oh ! il a été en Chine et a remonté les rivières d'Afrique. Mais ce n'est pas uniquement un aventurier, et il ne semble pas mettre son amour-propre à découvrir des pays nouveaux, et ce n'est pas non plus un pur marchand. Un jour, je lui ai demandé à brûle-pourpoint pourquoi il menait cette vie-là, et il a éludé ma question. J'ai appris par ma blanchisseuse ce qui est, je crois, la cause de sa vie errante : Mon enfant, il avait un enfant; ma fille, il avait une fille. Elle était juste assez âgée pour lui faire son déjeuner un jour de congé, et lui raccommoder ses vêtements. A cette époque-là il se contentait de naviguer entre le Mexique et le Pérou et des centaines de fois elle lui fit des signaux d'adieu ou de bienvenue. Il est impossible de savoir si elle était plus jolie ou plus intelligente que les milliers d'autres filles qu'il voyait autour de lui, mais elle était à lui. Vous trouvez indigne, je suppose, qu'un homme, grand et fort, tel un chêne, parcoure le monde, comme un aveugle une maison vide, uniquement parce qu'une bambine en a disparu. Non, non, vous ne pouvez pas comprendre cela, mon adorée, mais moi je comprends et je pâlis. Hier soir il est resté avec moi à parler d'elle. Il avait appuyé sa joue sur sa main et, le regard fixé sur le feu, il me dit : « Il me semble quelquefois qu'elle est partie en voyage et que je la reverrai, j'ai l'impression qu'elle est en Angleterre. » Vous allez vous moquer de moi, mais je crois qu'il visite les deux hémisphères pour faire passer le temps entre le moment présent et sa vieillesse. »

Les deux frères avaient toujours eu un grand respect pour le capitaine Alvarado. Ils avaient travaillé quelque temps avec lui, et leur goût pour le silence à tous trois avait fait un petit noyau de bon sens dans ce monde de vantardise, d'apologie de soi-même et de rhétorique. Aussi, quand le grand voyageur entra dans la cuisine sombre où Esteban déjeunait, le jeune homme retira-t-il sa chaise un peu plus dans l'ombre, mais à distance il fut content. Le capitaine n'eut pas l'air de le reconnaître ou même de le voir avant qu'il n'eût achevé son repas. Esteban avait en réalité fini depuis longtemps, mais, ne désirant pas qu'on lui parlât, attendait que le capitaine fût sorti de ce sous-sol. Enfin celui-ci s'avança vers lui et lui dit :

« Vous êtes Esteban ou Manuel : vous m'avez naguère aidé à décharger un bateau; je suis le capitaine Alvarado.

— Oui, dit Esteban.

— Comment allez-vous ? »

Esteban marmotta quelque chose.

« Je cherche des garçons vigoureux pour m'accompagner dans mon prochain voyage. — Un silence. — Cela vous plairait-il ? — Un plus long silence. — En Angleterre... et en Russie... Dur travail, bon salaire... très loin du Pérou ? Eh bien ? »

Esteban n'avait évidemment pas écouté. Il restait assis, le regard fixé sur la table. A la fin le capitaine éleva la voix, comme s'il parlait à un sourd :

« Je vous dis, voulez-vous m'accompagner dans mon prochain voyage ?

— Oui, j'irai, répondit brusquement Esteban.

— Parfait... c'est parfait. Je veux votre frère aussi, bien entendu.

— Non.

— Qu'est-ce qu'il y a ? Est-ce qu'il refuserait de venir ? »

Esteban murmura quelque chose en regardant de l'autre côté. Puis il dit, en se levant à moitié :

« Il faut que je m'en aille maintenant. J'ai quelqu'un à voir au sujet d'une affaire.

— J'irai voir votre frère moi-même. Où est-il ?

— Mort, dit Esteban.

— Oh ! je ne savais pas, je ne savais pas... je regrette.

— Oui, dit Esteban. Il faut que je m'en aille.

— Hem ! Lequel des deux êtes-vous ? Quel est votre nom ?

— Esteban.

— Quand Manuel est-il mort ?

— Oh ! il y a... il y a juste quelques semaines. »

Tous les deux baissaient les yeux.

« Quel âge avez-vous, Esteban ?

— Vingt-deux.

— Alors, c'est entendu, vous venez avec moi ?

— Oui.

— Vous n'êtes peut-être pas habitué au froid ?

— Si, j'y suis habitué... il faut que je m'en aille. Il faut que j'aille en ville voir quelqu'un au sujet d'une affaire.

— Bien, Esteban. Revenez dîner ici et nous parlerons du voyage. Revenez boire une bouteille avec moi, hein ? Vous viendrez ?

— Oui, je viendrai.

— Adieu.

— Adieu. »

*

Ils dînèrent ensemble et convinrent de partir pour Lima le lendemain matin. Le capitaine grisa complètement Esteban. D'abord, en silence, les tournées succédèrent aux tournées. Puis le capitaine se mit à parler bateaux et voyages. Il posa des questions à son compagnon sur les apparaux, et sur les étoiles qui servent de guides. A son tour, Esteban souleva d'autres problèmes en s'exprimant avec beaucoup d'énergie.

« Sur le bateau il faudra me donner quelque chose à faire tout le temps. Je ferai n'importe quoi, n'importe quoi. Je grimperai tout en haut et je fixerai les cordages; je serai de quart toute la nuit... parce que, vous savez, je ne dors jamais bien. Et puis, capitaine Alvarado, sur le navire il faudra faire semblant de ne pas me connaître, feindre d'avoir pour moi une haine particulière, en sorte que vous me donnerez sans cesse des besognes à accomplir. Je ne peux rester assis tranquillement devant une table à écrire. Et ne racontez rien aux hommes à mon sujet... je veux dire à propos de...

— J'ai appris que vous êtes entré dans une maison en flammes, Esteban, et que vous en avez retiré quelqu'un.

— Oui. Je ne me suis pas brûlé, je n'ai rien eu. Vous savez, cria Esteban, on n'a pas le droit de se tuer, on sait bien que ce n'est pas permis. Tout le monde sait cela. Mais si vous sautez dans une maison qui flambe pour sauver quelqu'un, ce n'est pas un suicide. Si vous deveniez matador et si le taureau vous écharpait, ce ne serait pas non plus un suicide. Seulement il ne faut pas se mettre exprès sur le chemin du taureau. Avez-vous remarqué que les animaux ne se tuent jamais, même quand ils sont sûrs de perdre la partie ? Ils ne sautent jamais dans une rivière, ou ne font rien de ce genre, même quand ils se sentent perdus. Il y a des gens qui prétendent que des chevaux se précipitent dans les feux de joie. Est-ce vrai ?

— Non, je ne crois pas.

— Moi non plus. Nous avons eu un chien... Mais non, il ne faut pas que je pense à cela. Capitaine Alvarado, connaissez-vous la mère Maria del Pilar ?

— Oui.

— Je veux lui faire un cadeau avant de m'en

aller. Je voudrais, capitaine, que vous me donniez tous mes gages avant mon départ — je n'aurai besoin d'argent nulle part — et je veux lui acheter un cadeau dès maintenant. Ce présent ne viendra pas de moi seul. Elle a été... elle a été... » Esteban aurait voulu prononcer le nom de son frère, mais il en fut incapable. Au lieu de cela il continua en baissant la voix : « Elle a eu une sorte de... elle a fait une fois une perte cruelle. Elle me l'a dit. Je ne sais pas qui c'était, et je veux lui faire un cadeau. Les femmes ne peuvent pas supporter ces choses-là comme nous autres hommes. »

Le capitaine lui promit qu'ils choisiraient un objet dans la matinée. Esteban en parla très longuement. Finalement le capitaine le vit glisser sous la table; alors il se leva et sortit sur la place qui était devant l'auberge. Il regarda la ligne des Andes et les groupes d'étoiles qui se forment éternellement dans le ciel. Et il voyait, suspendu au milieu de l'air, ce fantôme qui lui souriait, ce fantôme à la voix cristalline qui lui disait pour la millième fois : « Ne restez pas absent longtemps. Mais je serai une grande fille quand vous reviendrez. »

Ensuite il rentra dans l'auberge, transporta Esteban dans sa chambre et resta longtemps assis à le regarder.

Le lendemain matin il attendait au pied de l'escalier quand Esteban se montra :

« Nous partirons quand vous serez prêt », dit le capitaine.

Les yeux du jeune homme avaient repris leur éclat étrange. Il lança brusquement :

« Non, je ne vais pas avec vous. Après tout, je n'irai pas.

— Oh ! Esteban ! Mais vous m'avez promis de venir.

— C'est impossible. Je ne peux pas vous accompagner. »

Et, faisant demi-tour il regrimpa l'escalier.

« Venez ici un moment, Esteban, rien qu'un moment.

— Je ne peux pas vous accompagner. Je ne peux pas quitter le Pérou.

— J'ai quelque chose à vous dire. »

Esteban redescendit jusqu'au pied de l'escalier.

« Eh bien, et ce cadeau pour la mère del Pilar ? » demanda le capitaine d'une voix basse.

Esteban ne répondit pas, il regardait dans la direction de la montagne.

« Vous n'allez pas l'en priver ? Cela la toucherait beaucoup, vous le savez bien.

— Vous avez raison, murmura Esteban, comme si cela lui faisait grand effet.

— Oui. En outre, l'Océan vaut mieux que le Pérou. Vous connaissez Lima et Cuzco, et la route. Vous n'avez plus rien à apprendre sur tout ça. Voyez-vous, c'est l'Océan qu'il vous faut. Sans compter qu'à bord vous aurez sans cesse quelque chose à faire : j'y veillerai. Allez chercher vos affaires et nous allons partir. »

Esteban essayait de se décider. Ç'avait toujours été Manuel qui prenait les résolutions, et Manuel lui-même n'avait jamais eu à en prendre une aussi grave. Esteban remonta lentement. Le capitaine l'attendit, et il attendit si longtemps que finalement il se risqua à grimper à mi-chemin de l'escalier et à écouter. Tout d'abord ce fut le silence... puis une série de bruits que son imagination put aussitôt reconnaître : Esteban avait gratté le plâtre autour d'une poutre et y attachait une corde. Tout tremblant, le capitaine resta sur une marche. « Peut-être est-ce ce qui vaut le mieux », se dit-il. Peut-être devrais-je le laisser tranquille... Peut-être est-ce la seule solution possible pour lui. » Puis en entendant un nouveau bruit, il se précipita sur la porte, se rua dans la chambre et attrapa le jeune homme.

« Allez-vous-en, s'écria Esteban. Laissez-moi. N'entrez pas ici maintenant. »

Esteban tomba sur le plancher, face contre terre.

« Je suis seul, seul, tout seul », cria-t-il.

Le capitaine, debout au-dessus de lui, le dominait, sa bonne grosse figure toute creusée de plis et grise de chagrin : il revivait ses heures d'autrefois. C'était le causeur le plus maladroit du monde, en dehors des choses de la mer, mais il y a des moments où il faut un grand courage pour dire des banalités. Il n'était pas sûr que l'homme étendu par terre l'écoutât, mais il dit :

« Nous faisons ce que nous pouvons. Nous continuons, Esteban, de notre mieux. Il n'y en a pas pour longtemps, vous savez. Le temps passe... vous serez étonné de voir comme il passe vite. »

Ils partirent pour Lima. Quand ils arrivèrent au pont du Roi Saint-Louis, le capitaine descendit au bord du torrent, au fond de la gorge, pour surveiller le transport de certaines marchandises, mais Esteban traversa le pont, et tomba avec.

QUATRIÈME PARTIE

L'ONCLE PIO; DON JAIME

DANS l'une de ses lettres — la vingt-neuvième — la marquise de Montemayor essaie de dépeindre l'impression que lui faisait l'oncle Pio, « notre vieil Arlequin ».

« Je suis restée toute la matinée, écrit-elle à sa fille, assise sur le balcon vert à vous confectionner une paire de pantoufles, ma chère âme. Comme le fil d'or n'absorbait pas toute mon attention, j'ai pu observer l'activité d'une troupe de fourmis dans le mur à côté de moi. Quelque part, derrière la cloison, elles étaient en train de détruire patiemment ma maison. Toutes les trois minutes, une petite ouvrière se montrait entre deux planches et laissait tomber un grain de bois sur le plancher. Puis elle me faisait un signe avec ses antennes et rentrait, affairée, dans son couloir mystérieux. Pendant ce temps-là, ses divers frères et sœurs couraient en tout sens sur une certaine grand-route, s'arrêtant pour se masser mutuellement la tête, ou, si la mission qu'ils remplissaient était de première importance, refusant avec colère de masser ou de se laisser masser. Et aussitôt je pensai à l'oncle Pio. Pourquoi ? Où donc, sinon avec lui, avais-je vu ce même geste dont il arrête un abbé qui passe ou le valet d'un courtisan, et leur chuchote quelque chose, les lèvres tout contre l'oreille de sa victime ? Et cela n'a pas manqué : avant midi je l'ai vu qui courait à toutes jambes pour se livrer à l'une de ses mystérieuses démarches. Comme je suis la plus paresseuse et la plus sotte des femmes, j'ai envoyé Pepita m'acheter un morceau de nougat, que j'ai placé sur une des routes des fourmis. De même j'ai fait dire au café Pizarro de m'envoyer l'oncle Pio, s'il passait chez eux avant le coucher du soleil. Je lui donnerai cette vieille fourchette à salade tordue qui est ornée d'une turquoise, et il m'apportera une copie de ces nouveaux couplets que tout le monde chante sur la D.ch.ss d'O.i.a.es. Mon enfant, il faut que vous ayez toujours ce qui se fait de mieux, et que vous l'ayez avant tout le monde. »

Et dans la lettre suivante :

« Ma chère, l'oncle Pio est l'homme le plus délicieux du monde, votre mari excepté. Il est donc le second homme le plus délicieux du monde. Sa conversation est un enchantement. S'il n'avait pas si mauvaise réputation, je ferais de lui mon secrétaire. Il pourrait m'écrire toutes mes lettres et la postérité, transportée d'admiration, me déclarerait pleine d'esprit. Mais, hélas ! il est si rongé aux vers, par la maladie et les mauvaises fréquentations, que je serai obligée de le laisser à son monde inférieur. Il ne ressemble pas seulement à une fourmi, il fait penser à un paquet de cartes sales. Et je me demande si toute l'eau du Pacifique suffirait à le laver et à lui rendre sa pureté et sa bonne odeur. Mais quel divin Espagnol il parle et quelles choses exquises il sait exprimer en cette langue ? Voilà ce qu'on acquiert à fréquenter sans cesse le théâtre et à n'écouter que la conversation de Calderon. Hélas ! Où va donc ce monde, mon âme, pour traiter si mal un pareil être ? Ses yeux sont aussi tristes que ceux d'une vache à qui on vient d'enlever son dixième veau. »

Il faut savoir d'abord que cet oncle Pio était la femme de chambre de la Périchole. Il était aussi son professeur de chant, son coiffeur, son masseur, son lecteur, son groom pour les commissions, son banquier... et la rumeur ajoutait : son père. Par exemple, il lui apprenait ses rôles. On chuchotait dans la ville que Camilla savait lire et écrire. Elle ne méritait pas ce compliment : l'oncle Pio lisait et écrivait pour elle. En pleine saison, la troupe montait deux ou trois pièces par semaine et, comme chacune d'elles comportait pour la Périchole un rôle long et brillant, le seul travail de mémoire n'était pas peu de chose.

En l'espace de cinquante ans le Pérou s'était transformé d'Etat-frontière en Etat de la Renaissance. Il manifestait pour le théâtre et la musique un intérêt passionné. Lima célébrait ses jours de fête en entendant le matin une messe de Thomas Luis da Vittoria et le soir la poésie étincelante de Calderon. Il est vrai que les habitants de Lima se plaisaient à introduire des chansons triviales dans les comédies les plus exquises, et certains effets larmoyants dans la musique la plus austère, mais du moins ils ne s'astreignaient pas à l'ennui d'une vénération déplacée. Si la comédie héroïque leur avait déplu, ils n'auraient pas hésité à rester chez eux, et s'ils avaient été sourds à la polyphonie, rien ne les aurait empêchés d'assister à des offices plus matinaux. Quand l'archevêque revint d'un court voyage en Espagne, tout Lima répéta cette question : « Qu'a-t-il rapporté ? » Enfin la nouvelle se répandit qu'il était revenu avec des volumes de messes et de motets de Palestrina, de Morales et de Vittoria, en même temps qu'avec trente-cinq pièces de Tirso de Molina, de Ruiz de Alarçon et de Moreto. On fit une fête civique en son honneur. L'école des choristes et le foyer des acteurs de la Comédie se remplirent de cadeaux de légumes et de fruits. Tout le monde s'empressa pour nourrir les interprètes de tant de beauté.

Tel était le théâtre dans lequel la Périchole conquit peu à peu sa réputation. Le répertoire était si riche, et si sûre la boîte du souffleur, que peu de pièces se jouaient plus de quatre fois dans la saison. Le directeur pouvait puiser dans toutes les merveilles du XVIIe siècle espagnol dont beaucoup d'œuvres dramatiques n'avaient pas encore été perdues. La Périchole avait paru dans une centaine de pièces du seul Lope de Vega. Il y avait à cette époque à Lima nombre d'actrices admirables mais aucune qui lui fût supérieure. Les Péruviens étaient trop loin des théâtres d'Espagne pour se rendre compte qu'elle était la meilleure actrice de tous les pays espagnols. N'ayant jamais entrevu les vedettes de Madrid, ils le regrettaient tellement qu'ils leur attribuaient une certaine supériorité. Une seule personne tenait pour assuré que la Périchole était une grande artiste dramatique : son tuteur, l'oncle Pio.

L'oncle Pio descendait d'une bonne famille castillane, mais était enfant naturel. A dix ans il s'enfuit de l'hacienda paternelle pour gagner Madrid et on le poursuivit sans empressement. Désormais il allait vivre d'expédients. Il possédait les six qualités de l'aventurier : la mémoire des noms et des figures, avec l'aptitude à modifier les siens; le don des langues; une faculté d'invention inépuisable; la discrétion; le talent de lier conversation avec les étrangers, et cet affranchissement de la conscience qui venait de son mépris pour les riches assoupis dont il faisait sa proie. De dix à quinze ans il distribua des prospectus pour des commerçants, il garda des chevaux et se chargea de commissions confidentielles. De quinze à vingt ans, il dressa des ours et des serpents pour des cirques ambulants, il fit la cuisine et prépara des punchs, il rôda autour des tavernes les plus luxueuses et glissa des renseignements dans l'oreille des voyageurs — parfois des choses aussi simples que celle-ci : une certaine famille noble était réduite à vendre son argenterie et se passerait volontiers de donner une commission à un orfèvre. Il avait ses entrées dans tous les théâtres de la ville et savait applaudir comme dix. Il répandait des calomnies à tant la pièce. Il vendait des tuyaux sur la récolte et sur la valeur des terrains. De vingt à trente ans, ses services commencèrent à être reconnus dans les milieux les plus élevés : le gouvernement l'envoya ranimer des rébellions hésitantes dans les montagnes, afin que le dit gouvernement pût bientôt intervenir et les écraser sans hésitation. Sa discrétion était si absolue que le parti français l'employa, même quand il sut que le parti autrichien usait aussi de ses services. Il eut de longs entretiens avec la princesse des Ursins, seulement il se présentait et se retirait par l'escalier de service. Pendant cette période il ne fut plus obligé d'organiser les plaisirs des gentilshommes ni de semer de petites moissons de médisances.

Il ne faisait jamais la même chose plus de deux semaines de suite, même quand il semblait devoir en résulter des bénéfices considérables. Il aurait pu devenir directeur de cirque ou de théâtre, marchand d'antiquités, importateur de soieries italiennes, secrétaire au Palais ou à la cathédrale, fournisseur de vivres pour l'armée, spéculateur en maisons et en fermes, marchand de distractions et de plaisirs. Mais il semblait que dans sa personnalité fût inscrite par suite de quelque accident ou de quelque admiration précoce de son enfance, une répugnance à posséder quoi que ce fût, à être attaché, tenu par un engagement de longue durée. C'est cela, par exemple, qui l'empêchait de voler. Il avait dérobé plusieurs fois, mais le profit n'avait pas été suffisant pour compenser sa crainte d'être mis en prison; il avait assez d'ingéniosité pour échapper, sur le théâtre même de ses exploits, à toutes les polices du monde, mais rien ne pouvait le protéger contre les dénonciations de ses ennemis. De même il se trouva quelque temps dans l'obligation de procéder à des enquêtes pour l'Inquisition; mais lorsqu'il vit plusieurs de ses victimes coiffées de la cagoule des condamnés, il eut peur d'œuvrer pour une institution dont les agissements n'étaient pas toujours prévisibles. En approchant de sa vingtième année, l'oncle Pio en arriva à voir clairement que sa vie avait trois buts. Il y avait d'abord son besoin d'indépendance, taillé sur un curieux patron, à savoir le désir d'être divers, mystérieux et omniscient. Il était tout disposé à renoncer aux dignités de la vie publique, pourvu qu'il pût se dire dans le secret de son cœur qu'il considérait les hommes de très haut, qu'il les connaissait mieux qu'eux-mêmes, et qu'il possédait un savoir qui, à l'occasion, entrait en action et faisait de lui un agent des affaires de l'Etat et des hauts personnages. En second lieu, il voulait vivre sans cesse dans le voisinage de jolies femmes, dont il était toujours, au meilleur et au pire sens du mot, l'adorateur. Il lui était aussi nécessaire d'être près d'elles que de respirer. Son respect pour la beauté et le charme, visible pour tout le monde, provoquait le rire, et les femmes de théâtre, celles de la cour ou des maisons de plaisir, appréciaient fort ses qualités de connaisseur. Elles le tourmentaient, elles l'injuriaient, elles lui demandaient son avis et étaient singulièrement réconfortées par son absurde dévotion. Il souffrait cruellement de leurs emportements et de leurs bassesses, de leurs larmes et de leurs aveux; tout ce qu'il demandait c'était d'être toléré avec indifférence, d'inspirer confiance, d'être admis, comme un chien aimé et un peu ridicule, à aller et venir dans leurs chambres, et à écrire leurs lettres. Il était d'une curiosité insatiable au sujet de leur esprit et de leur cœur. Il n'espérait jamais être aimé d'elles — donnant pour un temps un autre sens à ce mot; — pour cela il portait son argent dans les quartiers les plus inconnus de la ville; il avait toujours un aspect désespérément peu engageant, avec son brin de moustache, ses trois poils de barbe, et ses grands yeux tristes et ridicules. Ces femmes constituaient sa paroisse; c'est d'elles qu'il tenait son nom d'oncle Pio, et c'était quand elles avaient des ennuis qu'il se révélait le mieux : étaient-elles en disgrâce, il leur prêtait de l'argent, étaient-elles malades, il tenait bon contre la dévotion languissante de leurs amants et l'exaspération de leurs femmes de chambre; quand le temps ou la maladie leur ravissait leur beauté, il continuait à les servir en mémoire de cette beauté, et quand elles mouraient, c'était son honnête douleur qui les suivait aussi loin que possible dans leur dernier voyage.

En troisième lieu, il voulait approcher ceux qui aimaient la littérature espagnole et ses chefs-d'œuvre, particulièrement ceux du théâtre. Il avait découvert tout seul ce trésor, en empruntant ou volant dans la bibliothèque de ses patrons, et il s'en nourrissait en secret, — dans les coulisses, en quelque sorte, de sa vie folle. Il n'avait que mépris pour les grands personnages qui, avec toute leur éducation et leurs usages, ne montraient ni attention ni étonnement devant les miracles de la langue de Calderon ou de Cervantes. Il aspirait à faire des vers. Il ne se rendit jamais compte que nombre de couplets satiriques qu'il écrivit pour des vaudevilles passaient dans la musique populaire et étaient colportés partout, sur toutes les grandes routes.

A la suite de l'une de ces disputes qui éclatent si facilement dans les maisons closes, les complications l'assaillirent et il se sentit obligé de partir pour le Pérou. L'oncle Pio au Pérou fut encore plus versatile qu'il n'avait été en Europe. Là aussi il s'occupa de propriétés, de cirques, de plaisirs, d'insurrections et d'antiquités. Une jonque chinoise avait été amenée de Canton en Amérique; il traîna sur la plage les ballots de porcelaine rouge foncé et vendit les vases aux collectionneurs renommés. Il découvrit les remèdes souverains des Incas et monta un petit commerce de pilules. En quatre mois il connut, en fait, tout le monde à Lima. Il ajouta bientôt à ces relations les habitants de quantité de ports de la côte, de camps de mineurs et d'établissements de l'intérieur. Ses prétentions à l'omniscience devinrent de plus en plus plausibles. Le vice-roi découvrit l'oncle Pio et toute cette abondance de références; il eut recours à ses services en maintes affaires. Malgré l'affaiblissement de son jugement, don Andrés avait conservé un talent : c'était un maître dans l'art de tirer parti de serviteurs de confiance. Il traita l'oncle Pio avec beaucoup de tact et avec une certaine déférence; il sentit quelles étaient les besognes qu'il ne fallait pas lui demander d'entreprendre, et il comprit son besoin de changement et de répit. L'oncle Pio, de son côté, s'étonnait perpétuellement qu'un prince profitât si peu de sa situation, en vue du pouvoir, ou de la fantaisie, ou pour le simple plaisir de manier les destinées d'autrui; mais le serviteur aimait son maître parce qu'il pouvait citer n'importe quel passage des préfaces de Cervantes et qu'il avait encore sur la langue un peu de sel castillan. Bien souvent, l'oncle Pio pénétrait dans le palais par des corridors, où on ne rencontrait personne, en dehors d'un confesseur, ou de quelque bravache, homme à tout faire, et s'asseyait avec le vice-roi devant sa tasse de chocolat matinal.

Mais en dépit de toute son activité, rien n'enrichissait l'oncle Pio. On aurait dit qu'il renonçait à une entreprise dès qu'elle menaçait de prospérer.

Sans que personne le sût, il possédait une maison. Elle était remplie de chiens qui croissaient et multipliaient, et l'étage supérieur était réservé aux oiseaux. Mais même dans ce royaume il était solitaire, et fier de cette solitude, comme si, dans cet isolement, il goûtait une sorte de supériorité.

Il lui arriva finalement une aventure qu'il interpréta comme un étrange cadeau du ciel, et où il trouva réunis les trois buts principaux de son existence : sa passion d'observer la vie d'autrui, son culte pour les jolies femmes, son admiration pour les trésors de la littérature espagnole. Il découvrit Camilla Périchole. Son vrai nom était Micaëla Villegas. Elle chantait dans les cafés, à l'âge de douze ans, et l'oncle Pio avait toujours été l'âme des cafés. Tandis qu'assis au milieu des guitaristes il regardait cette étrange fille qui débitait des chansons, imitant les moindres inflexions des artistes plus expérimentées qui l'avaient dévancée, il prit la résolution de jouer les Pygmalion. Il l'acheta. Au lieu de coucher enfermée dans le cellier à vin, elle hérita d'un lit dans sa maison. Il lui écrivit des couplets, lui apprit à écouter la qualité de ses notes, et lui acheta une robe neuve. Au début, elle trouva surtout merveilleux de ne plus être fouettée, de manger des soupes chaudes et d'apprendre quelque chose. Mais ce fut l'oncle Pio qui était littéralement ébloui. Son essai irréfléchi avait réussi au-delà de toute attente. La petite fille de douze ans, silencieuse et toujours un peu sombre, travaillait comme une enfant prodige. Il l'instruisait dans le jeu et la mimique; il lui enseignait à traduire l'atmosphère d'une chanson; il l'emmenait au théâtre et lui faisait remarquer tous les détails de la représentation. Mais c'est comme femme que Camilla devait lui donner ses plus grandes émotions. Ses longs bras et ses longues jambes s'harmonisèrent finalement en un corps d'une grâce parfaite. La figure, affamée et presque grotesque, devint ravissante. Toute sa nature se révéla délicieuse, avec quelque chose de mystérieux et d'étrangement sage, et elle ramenait tout à lui. Elle ne lui trouvait aucun défaut, et lui était résolument fidèle. Ils s'aimaient profondément, mais sans passion. Il respectait la légère nuance de nervosité qui se lisait sur la figure de la petite quand il s'approchait trop d'elle. Mais de ce refus même émanait un parfum de tendresse, ce fantôme de passion qui, dans la relation la plus inattendue, peut faire passer, comme un rêve gracieux, toute une vie consacrée au devoir fastidieux.

Ils voyageaient beaucoup, cherchant sans cesse de nouvelles tavernes, car le plus grand attrait d'une chanteuse de café sera toujours sa nouveauté. Ils allèrent au Mexique, leurs misérables hardes enveloppées dans le même châle. Ils dormirent sur des plages; à Panama on les roua de coups et ils firent naufrage sur une petite île du Pacifique couverte de fientes d'oiseaux. Ils errèrent à travers des jungles, se frayant soigneusement un chemin au milieu de serpents et de scarabées. Ils se louèrent comme moissonneurs dans une période difficile. Rien au monde ne les étonnait beaucoup.

Alors commença une phase d'entraînement encore plus dure pour la pauvre fille, un dressage qui ressemblait plutôt à celui que s'impose un acrobate. Ce qui compliquait son instruction, c'était que le développement de son succès était très rapide, et il y avait lieu de craindre que les applaudissements qui l'accueillaient ne la rendissent trop promptement contente de ses progrès. L'oncle Pio ne la battait jamais, mais il avait recours à des sarcasmes qui lui inspiraient une véritable terreur.

A la fin d'une représentation, Camilla rentrant dans sa loge y trouvait l'oncle Pio en train de siffler nonchalamment dans un coin. Elle devinait aussitôt le sens de son attitude et pleurait de colère.

« Voyons, qu'y a-t-il encore ? Sainte mère de Dieu, Sainte mère de Dieu, qu'y a-t-il ?

— Rien, ma petite perle, ma petite Camilla de toutes les Camilles, rien du tout.

— Il y a eu quelque chose qui ne t'a pas plu, affreux dénicheur de défauts. Allons, qu'ai-je fait aujourd'hui ? Va, je suis prête.

— Non, ma petite colombe. Adorable étoile du matin, je suppose que tu as fait de ton mieux. »

L'idée qu'elle n'avait, comme artiste, qu'un avenir borné, et que certaines félicités lui resteraient à jamais interdites, ne manquait jamais de mettre Camilla hors d'elle. Elle éclatait en sanglots.

« Je voudrais ne t'avoir jamais connu. Tu empoisonnes ma vie. Tu penses que j'ai été mauvaise, et tu prends plaisir à me le faire sentir. Très bien. Tais-toi. »

L'oncle Pio continuait à siffler.

« C'est vrai, je le sais, que j'ai été inférieure ce soir, et je n'ai pas besoin que tu me le dises. Voilà. Maintenant va-t'en. Je ne veux plus te voir autour de moi. C'est assez difficile de jouer ce rôle-là sans avoir encore à te trouver de cette humeur en rentrant ici. »

Tout à coup l'oncle Pio se penchait en avant et lui demandait avec une fureur intense :

« Pourquoi as-tu débité si vite ta tirade au prisonnier ? »

Nouvelles larmes de la Périchole.

« O Dieu, laisse-moi mourir en paix. Un jour tu me dis d'aller plus vite, et le lendemain plus lentement. En tous cas, je serai folle avant un an ou deux d'ici, et alors, peu importe. »

Le sifflement continue.

« D'ailleurs le public a applaudi comme jamais. Tu m'entends ? *Comme jamais encore*. Là ! Trop vite ou trop lent, ça leur est bien égal. Ils ont pleuré. J'ai été divine. C'est tout ce que je demande. Et maintenant, tais-toi... plus un mot. »

Il n'ouvrait pas la bouche.

« Je te permets de me peigner, mais si tu dis un seul mot, je ne jouerai plus jamais. Tu n'auras qu'à en trouver une autre, voilà tout. » Là-dessus il lui peignait les cheveux, pour la calmer, pendant dix minutes, feignant de ne pas remarquer les sanglots qui secouaient son corps épuisé. Enfin elle se tournait vivement vers lui, et, saisissant une de ses mains, la baisait frénétiquement.

« Oncle Pio, ai-je été si mauvaise que ça ? Est-ce que je t'ai fait honte ? Est-ce que c'était affreux *au point que tu as quitté le théâtre ?* »

Après un long silence, l'oncle Pio reconnaissait judicieusement :

« Tu as été bonne dans la scène sur le bateau.

— Mais j'y ai été meilleure, oncle Pio. Tu te rappelles ce soir où tu revenais de Cuzco ?

— Tu as été assez bonne au dénouement.

— Vraiment ?

— Mais, ma fleur, ma perle, *qu'est-ce qui s'est passé pour la tirade au prisonnier ?* »

Sur quoi la Périchole jetait ses bras sur la table au milieu des fards, y appuyait sa figure, prise d'un épouvantable accès de larmes. La perfection seule le satisferait, la perfection seule. Et elle ne l'avait jamais atteinte.

Alors l'oncle Pio, commençant à voix basse, se mettait à lui parler pendant une heure, analysant la pièce, entrant dans tout un monde d'observations pleines de finesse sur la voix, le geste, le mouvement, et souvent ils restaient là jusqu'au petit jour à se déclamer mutuellement les nobles dialogues de Calderon.

Que cherchaient-ils tous deux à satisfaire ? Pas le public de Lima. Il y avait longtemps que celui-ci était enchanté. Nous venons d'un monde où nous avons connu d'incroyables modèles de perfection, nous nous souvenons vaguement de beautés que nous n'avons plus ressaisies, et nous retournons dans ce monde. L'oncle Pio et Camilla Périchole se torturaient en faisant des efforts pour établir au Pérou le type parfait du théâtre, tel qu'il peut être dans un ciel où Calderon les avait précédés. Le public auquel sont destinés les chefs-d'œuvre ne se trouve pas ici-bas.

A mesure que le temps passait, Camilla se laissait moins absorber par son art. Un certain mépris intermittent pour son métier d'actrice la rendait négligente. C'était une conséquence du peu d'intérêt accordé par le théâtre classique espagnol aux rôles féminins. A l'époque où les auteurs dramatiques qui abondaient dans les cours d'Angleterre et de France — et un peu plus tard à Venise — enrichissaient les rôles de femmes de traits d'esprit, de charme, de passion et de nervosité, les dramaturges espagnols avaient toujours les yeux fixés sur leurs héros, sur des gentilshommes déchirés par des conflits entre l'amour et l'honneur, ou sur des pécheurs revenant, au dernier moment, se jeter au pied de la croix. Pendant nombre d'années, l'oncle Pio s'épuisa à découvrir des moyens d'intéresser la Périchole aux rôles qu'on lui distribuait. Un jour il put annoncer à Camilla qu'une petite-fille de Vico de Barrera était arrivée au Pérou. L'oncle Pio avait depuis longtemps fait partager à Camilla sa vénération pour les grands poètes, et elle n'aurait jamais songé à discuter l'opinion qu'ils étaient un peu au-dessus des rois, et au même niveau que les anges. Aussi fut-ce avec un grand enthousiasme qu'ils choisirent tous deux une des pièces du maître pour la jouer devant sa petite-fille. Ils répétèrent cette œuvre cent fois, tantôt dans l'exaltation des trouvailles, tantôt dans un profond abattement. Le soir de la représentation, Camilla, regardant entre les plis du rideau, se fit désigner par l'oncle Pio la petite femme entre deux âges, usée par les soucis de la pauvreté et d'une famille nombreuse : Camilla eut l'impression de contempler toute la beauté et toute la dignité du monde. En attendant la réplique sur laquelle elle devait entrer en scène, elle se serrait contre l'oncle Pio dans un silence respectueux, le cœur battant à grands coups. Pendant les entractes elle se retira dans le coin poussiéreux du magasin des accessoires, où personne ne saurait la trouver, et y resta assise, à regarder devant elle. A la fin de la représentation, l'oncle Pio amena la petite-fille de Vico de Barrera dans la loge de Camilla. Celle-ci se tenait debout, au milieu des costumes accrochés au mur, pleurant de bonheur et de honte. Finalement elle se jeta à genoux et baisa la main de la vieille femme, et, tandis que les spectateurs rentraient se coucher, la visiteuse resta avec Camilla et lui raconta les petites anecdotes que sa famille conservait sur les œuvres de Vico et sur ses habitudes.

L'oncle Pio n'était jamais plus heureux que

quand une actrice nouvelle était engagée dans la troupe, car la présence d'un autre talent à ses côtés ne manquait jamais d'aiguillonner la Périchole. L'oncle Pio, debout au fond de la salle, et courbé en avant sous une double impression de joie et de malice, croyait voir le corps de la Périchole devenu une lampe d'albâtre dans laquelle on aurait allumé une flamme puissante. Sans recourir à des procédés ou à une emphase artificielle, elle s'appliquait à éclipser la nouvelle venue. La pièce était-elle une comédie, elle devenait l'essence même de l'esprit; s'agissait-il (ce qui était plus probable) d'un drame avec des femmes outragées et des haines implacables, elle brûlait les planches. Elle dégageait une telle électricité qu'il suffisait qu'elle posât une main sur celle d'un partenaire pour qu'un frisson de sympathie parcourût la salle. Mais ces occasions de se surpasser elle-même se faisaient de moins en moins fréquentes. Plus sa technique devenait sûre, moins la sincérité lui était nécessaire. Même quand son esprit s'envolait ailleurs, le public ne percevait aucune différence, et seul l'oncle Pio était mécontent.

Camilla avait un visage magnifique sauf au repos. Au repos en effet, on était tout surpris de découvrir un nez mince et trop long, une bouche lasse et un peu enfantine, des yeux mécontents — bref une paysanne un peu gauche, sortant des cafés-chantants et tout à fait incapable de réaliser une harmonie entre les exigences de son art et ses appétits, entre ses rêves et la routine quotidienne de son métier absorbant. Chacune de ces choses était un monde à part, et la lutte entre eux aurait eu vite fait de réduire à la stupidité — ou à la trivialité — un physique moins résistant. Nous avons vu qu'en dépit du mécontentement que lui inspiraient ces rôles, la Périchole comprenait très bien la joie qu'il pouvait y avoir à les jouer et se réchauffait de temps à autre à cette flamme. Mais celle de l'amour l'attirait plus souvent, quoique sans plus de certitude de bonheur, jusqu'au jour où Jupiter en personne lui envoya des perles.

Don Andrés de Ribera, vice-roi du Pérou, était le vestige d'un homme délicieux, brisé par la table, l'alcôve, sa grandesse, et dix années d'exil. Jeune homme il avait suivi des ambassadeurs à Versailles et à Rome, il avait fait la guerre en Autriche, il était allé à Jérusalem. Il était resté veuf — et sans enfant — d'une femme énorme et fort riche. Il avait un peu collectionné les médailles, les vins, les actrices, les décorations et les cartes géographiques. La table lui avait laissé comme souvenir la goutte; l'alcôve une tendance aux convulsions; la grandesse un orgueil immense et si puéril qu'il entendait rarement ce qu'on lui disait et parlait au plafond dans un perpétuel monologue; l'exil, une mer d'ennui, un ennui si persuasif que c'était comme une souffrance : il s'éveillait avec lui et passait la journée avec lui, et l'ennui s'asseyait à son chevet pour le regarder dormir toute la nuit.

Camilla consumait ses années dans son dur métier

d'actrice, auquel donnaient un peu de saveur quelques aventures d'amour pas bien reluisantes, quand ce personnage olympien — car il avait une figure et un port faits pour représenter à la scène les dieux et les héros — la transporta tout d'un coup dans l'atmosphère des délicieux soupers qu'il donnait à minuit en son palais. Contrairement à toutes les traditions de la scène et des royaumes, elle adora son vieil admirateur : elle pensait qu'elle allait être heureuse pour toujours. Don Andrés enseignait une foule de choses à la Périchole, et, pour son esprit avide et brillant, c'était un des plus doux ingrédients de l'amour. Il lui apprit un peu de français, à être nette et propre sur elle, et les nuances des bonnes manières. L'oncle Pio lui avait enseigné comment les nobles dames se comportent dans les grandes occasions, le vice-roi lui fit voir comment elles se laissent aller. L'oncle Pio et Calderon l'avaient exercée au plus bel espagnol, don Andrés lui permit d'acquérir le jargon élégant du *Buen Retiro*.

L'invitation que Camilla reçut du Palais inquiéta l'oncle Pio. Il aurait bien préféré qu'elle continuât ses petites amourettes vulgaires dans le monde du théâtre. Mais quand il s'aperçut que son art y gagnait un nouveau vernis, il fut bien content, il se tenait au fond du théâtre, s'agitant sur son siège dans sa joie et son amusement de voir la Périchole donner à entendre au public qu'elle fréquentait ce grand monde sur lequel roulaient les œuvres des dramaturges. Elle avait une nouvelle façon de manier un verre, de prendre congé de quelqu'un, une façon de franchir une porte, qui disaient tout. Pour l'oncle Pio cela seul importait. Qu'y avait-il au monde de plus adorable qu'une jolie femme faisant honneur à un chef-d'œuvre espagnol ? Qu'une représentation, je vous le demande, remplie d'observation, dans laquelle le seul espacement des mots révèle un commentaire de la vie et du texte — commentaire fait par une voix magnifique —, une représentation illustrée par des attitudes sans défaut, une beauté personnelle remarquable et un charme irrésistible ? « Nous sommes presque prêts à emmener cette merveille en Espagne », se murmurait-il à lui-même. La représentation finie, il se rendait dans sa loge et lui disait : « Très bien ! » Mais avant de prendre congé d'elle, il s'arrangeait pour lui demander où, au nom des onze mille vierges de Cologne, elle avait acquis cette manière affectée de dire : *Excellence*.

Au bout de quelque temps le vice-roi demanda à la Périchole si cela l'amuserait d'inviter quelques amis discrets à leurs soupers de minuit et si elle aimerait à rencontrer l'archevêque. Camilla fut ravie, l'archevêque ne le fut pas moins. La veille de leur première rencontre il envoya à l'actrice un pendentif orné d'émeraudes, de la taille d'une carte à jouer.

Il y avait à Lima une masse enveloppée de plusieurs mètres de satin violet, d'où émergeaient une grosse tête d'hydropique et deux mains grasses couleur de perle : c'était l'archevêque. Du milieu des rouleaux de chair qui les entouraient, deux yeux noirs lançaient des regards exprimant l'inquiétude, la bienveillance et l'esprit. Toute cette graisse enfermait une âme curieuse et avide, mais à force de ne jamais se refuser un faisan ou une oie, ou la série quotidienne de ses vins italiens, il était lui-même son cruel geôlier. Il aimait sa cathédrale, il aimait son ministère, et était très dévot. Certains jours, il regardait sa corpulence avec remords, mais la souffrance du repentir était moins poignante que celle du jeûne, et on le trouvait bientôt méditant sur les secrets messages qu'envoie un certain rôti à une certaine salade qui le suivra. Et pour se punir il menait une vie exemplaire sous tous les autres rapports.

Il avait lu toute la littérature antique, mais en avait tout oublié, sauf un parfum général de charme et de désillusion. Il avait étudié à fond les Pères de l'Eglise et les conciles, et en avait tout oublié, sauf une vague impression de dissentiments qui ne concernaient pas le Pérou. Il avait lu tous les chefs-d'œuvre libertins d'Italie et de France, et il les relisait tous les ans; même au milieu des tortures de la pierre — heureusement atténuées par l'eau des sources de Sainte-Marie de Cluxambuqua — il ne trouvait rien de plus réconfortant que les anecdotes de Brantôme et du divin Arétin.

Il savait que presque tous les prêtres du Pérou étaient des fourbes, et il lui fallait toute sa délicate éducation d'Epicurien pour l'empêcher de faire quelque chose à ce sujet. Mais il en était réduit à se rappeler sans cesse ses principes favoris : que l'injustice et le malheur en ce monde représentent une quantité constante, que la théorie du progrès est une illusion, que les pauvres, qui n'ont jamais connu le bonheur, sont insensibles à leur misère. Comme tous les riches, il ne pouvait se décider à croire que les pauvres — voyez leurs habitations, voyez leurs vêtements — souffrissent réellement. Comme tous les hommes cultivés, il croyait que seuls ceux qui avaient beaucoup lu pouvaient se *savoir* malheureux.

Il y eut une circonstance où, son attention ayant été attirée sur les iniquités commises dans son diocèse, il fut sur le point de prendre des mesures contre elles. Il venait d'apprendre que les prêtres, au Pérou, se faisaient une règle d'exiger deux mesures de farine pour une absolution assez bonne, et cinq pour une réellement effective. Il en trembla d'indignation : il appela son secrétaire d'une voix tonnante et, se faisant apporter tout ce qu'il lui fallait pour écrire, il annonça qu'il allait dicter un mandement écrasant pour ses pasteurs. Mais il ne restait pas d'encre dans l'encrier, il n'en restait pas non plus dans la pièce voisine, on ne put en trouver une goutte dans tout le palais. Cet état de choses dans son intérieur bouleversa tellement l'excellent homme qu'il tomba malade sous l'effet de ces fureurs accumulées et qu'il apprit à se garder de l'indignation.

L'introduction de l'archevêque dans les soupers fut un tel succès que don Andrés se mit à songer à de nouveaux noms. Il avait subi de plus en plus l'influence de l'oncle Pio, mais il attendit que Camilla proposât d'elle-même de l'admettre à ces réunions. Et, au moment voulu, l'oncle Pio se fit accompagner de cet écumeur des mers qu'était le capitaine Alvarado.

Généralement la réunion durait depuis plusieurs heures déjà quand Camilla pouvait venir les rejoindre en sortant du théâtre, après la représentation. Elle arrivait vers une heure du matin, rayonnante, parée de bijoux, et très fatiguée. Les quatre hommes l'accueillaient comme ils eussent fait pour une grande reine. Pendant une heure environ elle dirigeait la conversation, mais, insensiblement, s'appuyant de plus en plus sur l'épaule de don Andrés, elle se bornait à suivre les propos qui volaient de l'un à l'autre de ces visages enjoués. Ils causaient toute la nuit, consolant en secret leurs cœurs qui se languissaient de l'Espagne, et se disant qu'un banquet de ce genre était bien dans le ton de la noble âme espagnole. Ils parlaient de fantômes et de seconde vue, de la terre avant l'apparition de l'homme, de la possibilité que les planètes se heurtassent l'une contre l'autre, de la question de savoir si l'on peut voir l'âme s'envoler, comme une colombe à l'heure de la mort; ils se demandaient si, lors de la seconde venue du Christ à Jérusalem, la nouvelle mettrait beaucoup de temps pour parvenir au Pérou. Jusqu'au lever du soleil, ils discutaient de guerres et de rois, de savants et de poètes, de pays étrangers. Chacun alimentait la conversation avec sa provision d'anecdotes sages ou mélancoliques, en y mêlant les regrets que lui inspirait l'espèce humaine. Le flot de la lumière dorée arrivait de l'autre côté des Andes et, pénétrant par la large fenêtre, tombait sur les coupes de fruits, sur le brocart taché de la table, sur le front doux et pensif de la Périchole, appuyée et dormant contre la manche de son protecteur. Il régnait alors un long silence, personne ne se souciant de donner le signal du départ, et leurs regards à tous se posaient sur l'étrange et magnifique oiseau qui vivait parmi eux. Mais l'oncle Pio ne l'avait pas quittée des yeux toute la nuit — des yeux noirs pleins de tendresse et d'inquiétude, braqués sur le grand secret de son existence et sa raison de vivre.

D'ailleurs l'oncle Pio ne cessait pas d'observer Camilla. Il divisait les habitants de ce monde en deux catégories : ceux qui avaient, et ceux qui n'avaient pas aimé. C'était, apparemment, une affreuse aristocratie, car de ceux qui n'étaient pas capables d'aimer — ou plutôt de souffrir par l'amour — on ne pouvait dire qu'ils fussent vivants, et certainement ils ne revivaient pas après leur mort. Ils formaient une sorte de population fictive, remplissant le monde de leur rire, de leurs larmes, de leur bavardage insignifiant, et disparaissaient, toujours aimables et vains, dans l'air léger. C'est pour cette distinction qu'il tenait à sa définition personnelle de l'amour, qui ne ressemblait à aucune autre, et où il avait ramassé toute l'amertume et tout l'orgueil de sa vie singulière. Il considérait l'amour comme une sorte de maladie, que les élus ont à subir sur la fin de leur jeunesse, et d'où ils sortent pâles et torturés, mais prêts pour les devoirs de la vie. Il y avait, croyait-il, toute une série d'erreurs impossibles, grâce à la miséricorde divine, aux êtres humains guéris de ce mal. Malheureusement il leur restait une foule de défaillances, mais du moins — maint exemple le prouvait — ils ne manquaient jamais à l'amabilité dans leur conduite, et ils ne prenaient plus pour un objet mécanique un être humain, qu'il fût prince ou serviteur. L'oncle Pio observait beaucoup Camilla, parce qu'il lui semblait qu'elle n'avait jamais reçu cette initiation. Dans les mois qui suivirent sa présentation au vice-roi, il retint sa respiration et attendit. Il resta dans cet état pendant des années. Camilla donna trois enfants au vice-roi, et n'en demeura pas moins la même. Il savait que le premier symptôme de sa véritable prise de possession du monde serait sa maîtrise dans certains effets de son jeu. Il y avait des scènes qu'elle exécutait un jour avec simplicité, aisance, avec aussi une joie secrète parce qu'elles avaient trait à la science nouvelle et riche de son cœur; mais son interprétation de tels passages devint de plus en plus superficielle, pour ne pas dire embarrassée. Il comprit bientôt qu'elle s'était lassée de don Andrés et était revenue à une série d'aventures furtives avec des acteurs, des matadors et des commerçants de la ville.

Son métier d'actrice paraissait de plus en plus insupportable à Camilla, et une nouvelle ambition s'empara de son esprit. Elle voulut être une « dame ». Elle devint peu à peu avide de considération et se mit à ne plus parler de son art que comme d'un passe-temps. Elle prit une duègne et des valets de pied et fréquenta les églises aux heures distinguées. Elle se montra aux distributions des prix de l'Université et figura parmi les donateurs dans les grandes œuvres de charité. Elle apprit même à lire, et un peu à écrire. La moindre discrimination visant ses origines de bohémienne était un défi qu'elle relevait avec fureur. Avec sa soif de faveurs, avec les privilèges qu'elle usurpait peu à peu, elle infligeait au vice-roi une vie épouvantable. Son nouveau vice supplanta l'ancien, et elle afficha une vertu tapageuse. Elle s'inventa des parents et montra des cousins. Elle obtint pour ses enfants la légitimation, sans pièces à l'appui. Elle prenait dans le monde des airs délicats et languissants de Madeleine repentie, comme eût pu le faire une grande dame, et portait un cierge dans les processions de pénitentes, côte-à-côte avec des femmes qui n'avaient rien à se reprocher, sinon un accès d'humeur et un coup d'œil jeté furtivement sur les œuvres de Descartes. Son péché avait été de jouer la comédie; or, chacun sait que des saints eux-mêmes ont été acteurs, ainsi saint Gelais et saint Genest, sainte Marguerite d'Antioche et sainte Pélagie.

Sur une colline, non loin de Sainte-Marie de Cluxambuqua, se trouvait une ville d'eau à la mode. Don Andrés, après avoir voyagé en France, avait songé à construire lui aussi un pseudo-Vichy : on y trouvait une pagode, des salons de jeu, un théâtre, une petite arène pour les courses de taureaux et des jardins à la française. La santé de Camilla avait toujours été parfaite, mais elle se fit bâtir une villa dans le voisinage et avala à onze heures du matin des verres d'une eau détestable. La marquise de Montemayor nous a laissé un brillant tableau de ce paradis d'*opéra bouffe,* avec sa divinité régnante, promenant sa farouche sensibilité dans les avenues sablées de poudre de coquillage, et recevant les hommages de tous ceux qui ne pouvaient se permettre d'offenser le vice-roi. Doña Maria nous trace le portrait de ce gouverneur, imposant et las, passant les nuits à jouer et risquant des sommes qui auraient suffi à construire un autre Escurial. Mais elle dépeint aussi son fils, le petit don Jaime qu'il avait eu de Camilla.

Don Jaime, à sept ans, était un pauvre être rachitique qui semblait avoir hérité non seulement du front et des yeux de sa mère, mais aussi de la tendance de son père aux convulsions. Il supportait son mal avec l'effarement silencieux d'un animal, et, comme un animal, il éprouvait une honte mortelle lorsque ce mal se manifestait en public. Il était si beau que les formules de pitié les plus banales se taisaient en sa présence, et ses longues réflexions sur ses misères avaient donné à son visage une dignité patiente qui faisait frémir. Sa mère l'habillait en velours grenat, et il la suivait, quand sa santé le lui permettait, à plusieurs mètres de distance, se dérobant gravement aux dames qui essayaient de le retenir et de lui faire la conversation. Camilla ne se fâchait jamais contre don Jaime, mais ne se montrait non plus jamais démonstrative. Quand le soleil brillait, on les voyait marcher tous deux en silence, le long des terrasses artificielles : Camilla se demandait quand commencerait ce bonheur qui lui avait toujours paru inséparable d'une position sociale, et don Jaime jouissait simplement de la belle lumière et regardait avec anxiété un nuage s'approcher. Ils avaient l'air de personnages qui se seraient égarés là en venant de quelque lointaine contrée ou d'une vieille ballade, qui n'avaient pas encore appris la langue, pour eux nouvelle, et n'avaient pas non plus trouvé d'amis.

Camilla avait environ trente ans quand elle quitta la scène, et il lui en fallut cinq pour se faire une place dans la société. Elle devint peu à peu presque grosse, mais sa tête prenait tous les ans une beauté nouvelle. Elle se mit à s'habiller avec excès et les parquets des salons reflétaient une véritable tour de joyaux, d'écharpes et de plumes. Sa figure et ses mains étaient couvertes d'une poudre bleuâtre, sur laquelle se détachait une bouche irritable, orange et écarlate. La violence de son humeur tourmentée faisait place à une douceur affectée de manières, quand elle était avec des douairières. Dans la première période de son ascension, elle avait intimé à l'oncle Pio l'ordre de ne jamais se montrer avec elle en public, mais finalement elle ne toléra même plus ses visites les plus discrètes. Elle conduisait ses entretiens avec lui sur un ton formaliste et évasif. Son regard ne rencontrait jamais le sien et elle cherchait des prétextes pour le quereller. Il s'aventurait pourtant, une fois par mois, à venir éprouver la patience de son élève, et, quand la conversation n'était plus possible, il grimpait l'escalier et achevait l'heure avec les enfants.

Un jour il arriva à sa villa sur la colline et lui fit demander par sa femme de chambre la faveur d'un entretien. La réponse fut qu'elle le verrait dans le jardin à la française, un peu avant le coucher du soleil. Il était venu de Lima conduit par une étrange impulsion sentimentale. Comme tous les êtres solitaires il avait revêtu l'amitié d'un charme divin : il imaginait que les gens qu'il croisait dans la rue, riant ensemble et s'embrassant quand ils se séparaient, que les gens qui dînaient à la même table et échangeaient tant de sourires — vous aurez peine à me croire, mais il imaginait vraiment que ces gens-là tiraient d'une sympathie pareille une foule de satisfactions. Aussi avait-il été brusquement pris du besoin de la revoir, de s'entendre appeler « oncle

Pio », et de revivre un moment l'atmosphère confiante et gaie de leurs longues années de vagabondages.

Les jardins à la française étaient à l'extrémité sud de la ville. Derrière eux se dressaient les hautes Andes et devant eux s'étendait un parapet qui dominait une profonde vallée puis, au-delà, un moutonnement de collines qui se perdait dans la direction du Pacifique. C'était l'heure où les chauves-souris volent bas et où une foule d'insectes jouent témérairement au-dessous d'elles. Quelques promeneurs solitaires flânaient dans les parterres, contemplant d'un air rêveur le ciel qui se vidait peu à peu de ses couleurs, ou s'appuyaient sur la balustrade et regardaient dans la vallée, remarquant dans quel village aboyait un chien. C'était l'heure où le père rentre des champs et joue un instant dans la cour avec son chien qui saute sur lui, en lui tenant le museau fermé ou en le jetant sur le dos. Les jeunes filles guettent la première étoile pour la charger d'un vœu, et les garçons commencent à souhaiter le dîner avec impatience. La mère la plus active elle-même reste un moment sans rien faire, pour sourire à sa chère et exaspérante famille.

L'oncle Pio, debout contre un des bancs de marbre écornés, regardait Camilla s'avancer vers lui.

« Je suis en retard, dit-elle, excusez-moi. Qu'avez-vous à me dire ?

— Camilla..., commença-t-il.

— Je m'appelle doña Micaela.

— Je ne veux pas vous froisser, doña Micaela, mais j'aurais cru qu'après m'avoir permis pendant vingt ans de vous appeler Camilla...

— Oh ! comme vous voudrez, comme vous voudrez.

— Camilla, promettez-moi de m'écouter, promettez-moi de ne pas vous sauver à ma première phrase. »

Elle éclata aussitôt avec une violence inattendue :

« Ecoutez-moi, oncle Pio. Vous êtes fou si vous croyez pouvoir me ramener au théâtre. Je n'y pense plus qu'avec horreur. Comprenez-moi bien. Le théâtre ! Ah ! oui, vraiment, le théâtre ! Subir tous les jours des outrages dans cet endroit dégoûtant... Comprenez que vous perdez votre temps. »

Il répondit doucement :

« Je ne vous demande pas de revenir au théâtre, si vous êtes heureuse avec vos nouveaux amis.

— Alors, mes nouveaux amis ne vous plaisent pas ? répondit-elle vivement. Qui m'offrez-vous pour les remplacer ?

— Camilla, je rappelle seulement...

— Je ne veux pas qu'on me blâme, je ne demande pas de conseils. Il va faire froid d'ici un moment, il faut que je rentre. Renoncez à moi, voilà tout, et chassez-moi de votre mémoire.

— Ne vous fâchez pas, ma chère Camilla. Laissez-moi vous expliquer. Accordez-moi seulement dix minutes. »

Il ne comprenait pas pourquoi elle pleurait, il ne savait que dire, et parlait au hasard.

« Vous ne venez même jamais au théâtre, et tous les artistes le remarquent. Le public devient plus rare, lui aussi. On ne donne plus les pièces de l'ancien répertoire que deux fois par semaine, tous les autres soirs ce sont ces farces modernes en prose : tout cela est ennuyeux, enfantin et indécent. Personne ne sait plus parler l'espagnol, personne ne sait même plus marcher correctement. Le jour du « Corpus Christi » on a donné le *Festin de Balthazar* où vous étiez si merveilleuse. Ç'a été honteux. »

Il y eut un silence. Une magnifique bande de nuages, semblable à un troupeau de moutons, venant de la mer, remontait la vallée entre les collines. Tout à coup, Camilla toucha le genou de l'oncle Pio et sa figure redevint celle qu'elle avait vingt ans plus tôt.

« Pardonne-moi, oncle Pio, d'être si méchante, mais Jaime a été malade cet après-midi. Il n'y a rien à faire : il reste là étendu, si blanc et si... surpris. On n'a qu'à penser à autre chose. Oncle Pio, cela ne servirait à rien que je fasse ma rentrée au théâtre : le public vient voir des farces en prose. Nous avons été des fous en essayant de maintenir l'ancien répertoire. Laissons les gens qu'il intéresse lire les vieilles pièces dans leurs livres. A quoi bon vouloir lutter contre la foule !

— Merveilleuse Camilla, je n'étais pas juste pour toi, quand tu étais au théâtre. J'avais un orgueil absurde. J'étais chiche des éloges que tu méritais. Pardonne-moi. Tu as toujours été une très grande artiste. Si tu en viens à reconnaître que tu n'es pas heureuse avec ces gens-là, tu pourrais songer à aller à Madrid : tu y remporterais de superbes triomphes. Tu es encore jeune, et si belle ! Tu auras bien le temps plus tard de te faire appeler doña Micaela. Nous serons bientôt vieux..., bientôt morts.

— Non, je ne verrai jamais l'Espagne. Le monde est partout semblable, que ce soit Madrid ou Lima.

— Oh ! si nous pouvions nous en aller dans une île quelconque, où on te connaîtrait pour toi-même, et où on t'aimerait.

— Tu as cinquante ans, et tu rêves encore à des îles de ce genre, oncle Pio ! »

Il baissa la tête et marmotta entre ses dents :

« Bien entendu, je t'aime, Camilla, comme je le dois toujours, et plus que je ne peux dire. T'avoir connue, cela me suffit pour toute mon existence. Tu es maintenant une grande dame, et tu es riche. Je n'ai plus aucun moyen de t'aider, mais j'y suis toujours prêt.

— Que tu es absurde, dit-elle en souriant, tu as dit cela comme le font les jeunes garçons. Tu ne me fais pas l'effet de devenir plus sage en vieillissant, oncle Pio. Ce genre d'amour, cette espèce d'îles, ce sont des choses qui n'existent pas; on ne les rencontre qu'au théâtre. »

Il avait l'air honteux, mais nullement convaincu.

Enfin elle se leva et déclara tristement :

« De quoi parlons-nous ? Il commence à faire froid, il faut que je rentre. Allons, résigne-toi. Je n'ai plus le cœur au théâtre. — Il y eut un silence. — Et quant au reste... oh ! je ne comprends pas... ce sont les circonstances. Il faut que je sois ce que je dois être. Ne cherche pas non plus à comprendre, ne pense pas à moi, oncle Pio. Contente-toi de me pardonner, voilà tout, essaie seulement de me pardonner. »

Elle resta immobile un moment, elle cherchait à lui dire quelque chose de profondément senti. Le premier nuage atteignait la terrasse, il faisait sombre, les derniers retardataires quittaient le jardin. Elle pensait à don Jaime, à don Andrés et à l'oncle Pio lui-même. Elle ne trouvait pas de mots. Brusquement, elle se pencha et lui baisa le bout des doigts, puis s'éloigna rapidement.

Il resta là assis, longtemps encore, sous les nuages qui s'amoncelaient, tremblant de bonheur, et s'efforçant de pénétrer le sens de ces choses.

*

La nouvelle fit au galop le tour de Lima : doña Micaela Villegas, la dame qui avait jadis été Camilla la Périchole, avait la petite vérole. Des centaines d'autres personnes avaient la même maladie, mais l'intérêt de la foule — et sa malignité — se concentraient sur l'ancienne actrice. Dans la ville se déchaîna l'espoir sauvage de voir s'altérer la beauté qui lui avait permis de mépriser la classe d'où elle sortait. De la chambre de la malade s'échappa le bruit que

Camilla était devenue grotesquement laide, et la coupe de l'envie déborda. Dès qu'elle le put, Camilla se fit transporter de sa maison de ville à sa résidence de la colline; elle donna des ordres pour la vente de son délicieux petit palais, renvoya ses bijoux à ceux qui les lui avaient offerts et se défit de ses belles toilettes. Le vice-roi, l'archevêque et les quelques personnages de la cour qui avaient été ses plus fervents admirateurs continuaient à assiéger sa porte de messages et de cadeaux : elle ne lisait pas les messages et renvoyait les présents sans explications. Personne, en dehors de sa garde et de ses femmes de chambre, n'avait été admis à la voir depuis le commencement de sa maladie. En réponse à ses tentatives répétées, don Andrés reçut une grosse somme d'argent, accompagnée d'une lettre chargée de toute l'amertume et de toute la fierté imaginables.

Comme toutes les jolies femmes qui ont grandi au milieu de continuels hommages à leur beauté, Camilla estimait sans cynisme que cette beauté était nécessairement le fondement de tout attachement dont elle pouvait être l'objet; il s'ensuivait donc que les attentions dont on l'entourait à présent devaient avoir leur source dans une pitié pleine de condescendance, vaguement nuancée parfois de satisfaction pour un désastre si total. Cette conviction qu'elle n'avait plus à attendre aucun empressement vers elle, maintenant que sa beauté était flétrie, provenait du fait qu'elle n'avait jamais conçu l'existence d'aucune tendresse en dehors de la passion amoureuse. Cet amour-là, bien qu'il se manifeste par de la générosité et des prévenances, bien qu'il engendre des visions et la haute poésie, demeure une des formes les plus aiguës de l'intérêt personnel. Ce n'est qu'après avoir passé par une longue servitude, par la haine de soi-même, par la dérision et le doute cruel, qu'il peut prendre place parmi les sentiments loyaux. Bien des gens, qui y ont consacré toute une vie, nous en disent moins que l'enfant qui a perdu son chien la veille. Comme ses amis s'obstinaient dans leurs efforts pour la ramener dans le monde, sa fureur augmenta de jour en jour et elle lança des injures contre la ville. On prétendit à un moment qu'elle allait entrer en religion. Mais de nouvelles rumeurs vinrent contredire celle-là : tout, disait-on, n'était que rage et désespoir dans la petite ferme. Pour ceux qui vivaient près d'elle, ce désespoir était terrible à contempler. Elle était convaincue que sa vie était finie, sa vie et celle de ses enfants. Dans son orgueil insensé elle avait rendu plus qu'elle ne devait, et la menace de la pauvreté s'ajoutait à la solitude de son sombre avenir. Il ne lui restait plus rien à faire qu'à traîner ses jours dans un isolement jaloux, dans cette ferme qui tombait en ruine. Elle méditait pendant des heures sur la joie de ses ennemis et on l'entendait marcher à grands pas dans sa chambre, en poussant des cris étranges.

L'oncle Pio ne se laissa pas décourager. Sous prétexte de se rendre utile aux enfants, en mettant la main à la direction de la ferme, et en prêtant discrètement de l'argent à Camilla, il obtint ses entrées dans la maison, et même l'accès auprès de sa maîtresse voilée.

Mais là encore, celle-ci, convaincue, dans son orgueil, qu'il avait *pitié* d'elle, le cingla de sa langue tranchante et trouva un curieux réconfort à l'accabler de sarcasmes. Il ne l'en aima que davantage, comprenant mieux qu'elle-même toutes les phases de la convalescence de son esprit humilié. Mais un jour, un accident survint qui le perdit définitivement. Il ouvrit une porte.

Elle croyait avoir tiré le verrou. Elle avait conçu pour une heure une folle et secrète espérance : ne pourrait-elle pas composer, avec de la craie et de la crème, une pâte qu'elle étendrait sur sa figure ? Elle, qui s'était si souvent moquée des grand-mères enfarinées de la cour, se demanda quelques instants si elle avait appris sur la scène quelque chose qui pût l'aider maintenant. Persuadée que sa porte était verrouillée, elle se hâta d'étaler son enduit d'une pâleur grotesque; son cœur battait, ses mains tremblaient d'énervement; au moment où elle se regarda dans le miroir en étant bien obligée d'admettre la vanité de sa tentative, elle aperçut la silhouette de l'oncle Pio, debout sur le seuil et frappé de stupeur. Elle se leva d'un bond, poussa un cri et se couvrit le visage de ses deux mains.

« Allez-vous-en, allez-vous-en, sortez de chez moi

pour toujours, cria-t-elle. Je ne veux plus jamais vous revoir. »

Dans sa honte, elle le chassa avec des jurons et des mots de haine, elle le poursuivit dans tout le corridor et lui jeta dans l'escalier tout ce qui lui tomba sous la main. Elle donna l'ordre à son fermier de ne plus laisser l'oncle Pio pénétrer dans la propriété. Pourtant il continua toute une semaine à essayer de la revoir. Il finit par rentrer à Lima, tuant le temps de son mieux, mais il brûlait d'être près d'elle avec l'ardeur qu'y eût mise un garçon de dix-huit ans. Finalement il imagina un stratagème et retourna dans les collines pour le mettre à exécution.

Un matin, avant le jour, il se leva et alla s'étendre par terre sous la fenêtre de Camilla. Dans l'obscurité il se mit à pousser des gémissements, imitant autant qu'il pouvait la voix d'une petite fille. Il continua à geindre ainsi pendant un bon quart d'heure. Il n'élevait pas la voix plus haut que ce ton que les musiciens italiens indiqueraient par le mot *piano*, mais il s'interrompait fréquemment, comptant que, si elle dormait, ces appels s'insinueraient aussi bien dans son esprit par leur prolongation que par leur intensité. L'air était frais et agréable. La première raie de saphir, à peine perceptible, apparaissait derrière les pics, et, à l'Orient, l'étoile du matin scintillait avec une ardeur plus tendre de moment en moment. Un profond silence enveloppait tous les bâtiments de la ferme; parfois seulement une brise légère arrachait un soupir à toutes les plantes. Soudain une lampe s'alluma dans la chambre de Camilla; l'instant d'après, la persienne fut repoussée et une tête entourée de voiles se pencha au-dehors.

« Qui est là ? » demanda la voix magnifique.

L'oncle Pio ne proféra pas un son.

Camilla répéta, sur un ton nuancé d'impatience :

« Qui est là ? Qui est là, à gémir ?

— Doña Micaela, ma noble dame, je vous supplie de venir ici près de moi.

— Qui êtes-vous et que voulez-vous ?

— Je suis une pauvre fille, je m'appelle Estrella, je vous conjure de venir m'aider. N'appelez pas votre femme de chambre, je vous en prie, doña Micaela, venez vous-même. »

Elle garda un moment le silence, puis dit brusquement : « Très bien », et ferma ses volets. Elle parut bientôt, après avoir contourné l'angle de la maison. Elle avait revêtu un épais manteau qui traînait dans la rosée. Elle s'immobilisa à une certaine distance et dit :

« Venez ici, où je me tiens. Qui êtes-vous ? »

L'oncle Pio se redressa.

« Camilla, c'est moi... l'oncle Pio. Pardonne-moi, mais il faut que je te parle.

— Sainte mère de Dieu, quand serai-je débarrassé de ce terrible bonhomme ? Comprends-moi bien : je ne veux voir personne, je ne veux parler à âme qui vive. Ma vie est finie, voilà tout.

— Camilla, au nom de nos longues années de

vie commune, je te demande de m'accorder une seule chose. Puis je disparaîtrai et ne t'importunerai plus jamais.

— Je ne t'accorderai rien, rien du tout. Eloigne-toi de moi.

— Je te promets de ne plus jamais t'ennuyer si tu m'écoutes cette fois-ci. »

Courant presque, elle se dirigea vers la porte, de l'autre côté de la maison, et l'oncle Pio fut obligé de courir à côté d'elle pour être bien sûr qu'elle entendait ce qu'il lui disait. Elle s'arrêta.

« Alors, qu'est-ce que c'est ? Vite. Il fait froid. Je ne me sens pas bien, il faut que je rentre dans ma chambre.

— Camilla, permets-moi d'emmener don Jaime passer un an avec moi à Lima. Laisse-moi être son professeur, laisse-moi lui enseigner le castillan. Ici on le relègue avec les domestiques : il n'apprend rien.

— Non.

— Camilla, qu'est-ce qu'il deviendra ? Il est intelligent et il a envie de s'instruire.

— Il est malade, il est délicat. Ta maison est une étable à porcs. Seule la campagne est bonne pour lui.

— Mais il s'est beaucoup mieux porté ces derniers mois. Je te promets de nettoyer ma maison. Je m'adresserai à la mère Maria del Pilar pour avoir une domestique. Ici il passe ses journées dans les écuries. Je lui apprendrai tout ce que doit savoir un gentilhomme, l'escrime, le latin, la musique. Nous lirons tout ce qui...

— Une mère ne peut pas se séparer comme cela de son enfant, c'est impossible. Tu es fou d'avoir eu une pareille idée. Cesse de penser à moi et à tout ce qui me concerne. Je n'existe plus. Moi et mes enfants nous nous tirerons d'affaire du mieux que nous pourrons. N'essaie plus de me troubler. Je ne veux plus voir un seul être humain. »

C'est alors que l'oncle Pio se vit contraint d'avoir recours à un moyen pénible.

« Alors, dit-il, rends-moi l'argent que tu me dois. »

Camilla resta immobile, confondue. Elle se dit en elle-même : « La vie est trop horrible à supporter. Quand donc me sera-t-il donné de mourir ? » Quelques instants après elle lui répondit d'une voix rauque :

« J'ai très peu d'argent. Je te donnerai ce que je pourrai. Je vais te payer immédiatement; j'ai quelques bijoux ici. Et puis, nous n'aurons plus besoin de nous revoir. »

Elle avait honte de sa pauvreté. Elle fit quelques pas, puis se retourna et dit :

« Je vois maintenant à quel point tu es dur. Mais il est juste que je te paie ce que je te dois.

— Non, Camilla, je n'ai dit cela que pour donner plus de force à ma requête. Je n'accepterai rien de toi. Mais prête-moi don Jaime pour un an. Je l'aimerai et prendrai de lui tout le soin possible.

T'ai-je fait du tort ? Ai-je été un mauvais maître pour toi dans ces années d'autrefois ?

— Il est cruel d'exiger de la gratitude avec tant d'insistance, de la gratitude et encore de la gratitude. Je t'ai été reconnaissante... bon ! mais maintenant que je ne suis plus la même femme, je n'ai aucune raison de l'être. »

Il y eut un silence. Ses yeux étaient fixés sur l'étoile qui semblait entraîner tout le ciel vers son prodige. Elle se sentait au cœur une vive douleur, la douleur d'un monde sans signification. Elle dit enfin :

« Si Jaime désire aller avec toi, très bien. Je lui parlerai ce matin. S'il veut t'accompagner tu le trouveras à l'auberge vers midi. Bonne nuit. Adieu.

— Adieu. »

Elle rentra dans la maison.

Le lendemain le petit garçon à l'air grave apparut à l'auberge. Ses jolis vêtements étaient maintenant déchirés, tachés, et il portait, dans un léger ballot, de quoi se changer. Sa mère lui avait donné une pièce d'or comme argent de poche, et une petite pierre, lumineuse dans l'obscurité, pour qu'il la regardât dans ses nuits sans sommeil. Ils partirent ensemble dans une charrette, mais bientôt l'oncle Pio s'aperçut que les cahots ne valaient rien pour l'enfant. Il le porta alors sur son épaule. Comme ils approchaient du pont du Roi Saint-Louis, Jaime essaya de cacher sa honte, car il sentait approcher un de ces moments qui faisaient de lui un être à part du reste des hommes. Il était particulièrement gêné, parce que l'oncle Pio venait de rejoindre un de ses amis, un capitaine de navire. Et, juste au moment où ils arrivaient au pont, il parla à une vieille dame qui voyageait avec une petite fille. L'oncle Pio lui dit que, quand ils auraient traversé le pont, ils s'assiéraient et se reposeraient, mais il se trouva que ce ne fut pas nécessaire.

CINQUIÈME PARTIE

UNE INTENTION ?... PEUT-ÊTRE

On a construit un autre pont, en pierres, à la place de l'ancien, mais on n'a pas oublié l'accident. Il a fourni des expressions proverbiales. — « Je pourrai vous voir mardi, dit un habitant de Lima, à moins que le pont ne s'écroule. » — « Mon cousin habite près du pont du Roi Saint-Louis », dit un autre, et tout le monde sourit car cela signifie aussi : sous l'épée de Damoclès. On a écrit des poèmes sur cet accident, poèmes devenus classiques et qu'on trouve dans toutes les anthologies péruviennes, mais le véritable monument littéraire qu'il a inspiré, c'est le livre du frère Juniper.

Il y a cent manières de s'étonner d'un événement. Le frère Juniper ne serait jamais arrivé à sa méthode, n'eût été son amitié avec un certain professeur de l'université de Saint-Martin. La femme de ce savant s'était enfuie un matin en Espagne, pour y suivre un soldat, et avait laissé à son mari la charge de deux fillettes au berceau. Il était pénétré de toute l'amertume qui manquait au frère Juniper, et tirait une sorte de joie de la conviction que tout allait mal en ce monde. Il glissait dans l'oreille du franciscain des réflexions et des anecdotes qui démentaient l'idée que le monde fût dirigé. Un instant, une expression de détresse, presque de défaite, passait dans les yeux du frère, puis il se mettait à expliquer patiemment pourquoi ces histoires ne présentaient aucune difficulté pour un croyant.

« Il y avait une reine de Naples et de Sicile, reprenait le savant, qui découvrit qu'elle avait au côté une tumeur maligne. Consternée elle enjoignit à ses sujets de recourir à la prière et donna ordre de coudre des croix votives sur tous les vêtements, à Naples et dans toute la Sicile. Son peuple ayant beaucoup d'affection pour elle, supplications et broderies furent faites avec sincérité, mais restèrent sans effet. Elle repose maintenant dans la splendeur de Monréale, et à quelques pouces au-dessus de son cœur se lit cette inscription :

« Je ne craindrai aucun mal. »

Ce fut à force d'entendre une quantité de sarcasmes de ce genre dirigés contre la foi, que le frère Juniper se persuada que le moment était venu de fournir au monde la preuve, la preuve enregistrée, de la conviction qu'il portait en lui si lumineuse et si émouvante. Quand une épidémie frappa son cher village de Puerto et emporta bon nombre des paysans qui l'habitaient, il traça en secret un tableau des caractéristiques de quinze des victimes et de quinze survivants, la statistique de leur mérite, *sub specie æternitatis*. Chaque âme était cotée sur la base de dix, en ce qui concerne la bonté, le zèle pour l'observance religieuse, et la valeur pour le groupe familial. Voici un fragment de cet ambitieux document :

	BONTÉ	PIÉTÉ	UTILITÉ
Alfonso G.	4	4	10
Nina.	2	5	10
Manuel B.	10	10	0
Alfonso V.	—8	—10	10
Vera N.	0	10	10

La chose était plus difficile qu'il n'avait prévu. Presque chaque âme, dans un pays frontière très exposé, se révélait indispensable au point de vue économique, et la troisième colonne n'avait pas de sens. L'examinateur fut amené à employer des termes négatifs quand il eut étudié le caractère intime d'Alfonso V., qui n'était pas seulement mauvais, comme Vera N., mais qui répandait la méchanceté et qui, ne se contentant pas de ne jamais fréquenter l'église, engageait les autres à l'imiter. Vera N. était à vrai dire méchante, mais c'était un modèle de dévotion et la clef de voûte de toute une maisonnée. De toutes ces données attristantes le frère Juniper tira un index pour chaque paysan. Il additionna les chiffres obtenus par les victimes et les compara avec les totaux fournis par ceux des survivants, et cela pour découvrir que les morts méritaient cinq fois plus d'avoir la vie sauve. Il semblait presque que l'épidémie eût été dirigée, dans le village de Puerto, contre les gens d'un réel mérite. Cet après-midi-là le frère Juniper alla se promener au bord du Pacifique. Il déchira les feuillets qui contenaient sa trouvaille et en jeta les morceaux dans l'océan. Il regarda pendant une heure les grands nuages couleur de perle qui sont éternellement suspendus à l'horizon de cette mer, et cette beauté lui inspira une résignation qu'il ne permit pas à sa raison d'examiner. Le désaccord entre la foi et la réalité est plus grand qu'on ne l'imagine en général.

Mais ce fut une autre histoire du professeur de Saint-Martin — moins subversive, celle-là — qui probablement suggéra au frère Juniper son enquête après la chute du pont du Roi Saint-Louis.

Ce savant, circulant un jour dans la cathédrale de Lima, s'arrêta pour lire l'épitaphe d'une dame. Il y déchiffra, d'une lèvre inférieure qui s'avançait de plus en plus, qu'elle avait été, vingt ans durant, l'âme et la joie de son foyer, les délices de ses amis, que tous ceux qui la rencontraient la quittaient émerveillés de sa bonté et de sa beauté, et qu'elle reposait là, attendant le retour de son Seigneur. Mais le jour où il lisait ces mots, le professeur de Saint-

Martin avait eu mainte raison de s'irriter, et levant les yeux de la tablette de marbre, il s'écria tout haut, dans sa fureur :

« Quelle honte ! Et dire qu'on est poursuivi partout par des mensonges de ce genre ! Chacun sait que nous ne faisons pas autre chose en ce monde que satisfaire nos désirs. Pourquoi perpétuer cette légende d'abnégation ? Pourquoi laisser subsister cette renommée de désintéressement ? »

Ayant dit, il résolut de démasquer cette conspiration des graveurs sur pierre. Cette dame n'était morte que depuis douze ans. Il rechercha ses domestiques, ses enfants, ses amis. Mais partout où il alla, ses traits charmants lui avaient survécu comme un parfum; en quelque lieu qu'on la nommât, un sourire douloureux naissait sur toutes les lèvres, et on affirmait qu'il n'y avait pas de mots pour dépeindre ses façons gracieuses. Même la jeunesse ardente de ses petits-enfants, qui ne l'avaient jamais vue, se trouvait compliquée par le fait qu'on pouvait être aussi bon que cela. Il en resta stupéfait; il murmura finalement :

« Malgré tout, ce que je disais est vrai. Cette femme était une exception, peut-être une exception. »

En composant son livre sur ces gens, le frère Juniper semblait poursuivi par la crainte de perdre, s'il omettait le moindre détail, un indice qui pourrait le guider. Plus il travaillait, plus il sentait qu'il trébuchait à tâtons au milieu de vagues indications. Il était sans cesse trompé par des faits qui paraissaient devoir être importants à condition de leur trouver leur juste place dans un ensemble. Aussi notait-il tout, dans l'idée que peut-être, si lui — ou quelque esprit plus pénétrant — relisait vingt fois son livre, les faits innombrables se mettraient soudain en mouvement, s'assembleraient et trahiraient leur secret.

La cuisinière de la marquise de Montemayor lui dit que sa maîtresse se nourrissait presque exclusivement de riz, de poisson et de quelques fruits, et le frère Juniper consigna ce renseignement, dans l'espoir que cela pourrait, un jour, révéler un trait spirituel. Don Rubio prétendit qu'elle venait à ses réceptions sans être invitée et dans l'intention de voler des cuillères. Une sage-femme, qui habitait à une extrémité de la ville, déclara que doña Maria était venue la voir et lui avait posé des questions malsaines, si bien qu'elle avait été obligée de la mettre à la porte comme une mendiante. Le libraire de la ville attesta qu'elle était une des trois personnes les plus cultivées de Lima. La femme de son fermier la trouvait bien distraite, mais toute pleine de bonté.

Le métier de biographe est plus difficile qu'on ne le suppose d'ordinaire.

Le frère Juniper constata que c'était du côté de ceux qui avaient entretenu les rapports les plus étroits avec les personnes en cause qu'il y avait le moins à apprendre. La mère Maria del Pilar lui parla longuement de Pepita, mais elle ne lui dit rien de ses propres ambitions pour la jeune fille.

La Périchole fut, pour commencer, d'un abord difficile, mais en arriva bientôt même à aimer le Franciscain. Sa façon de peindre le caractère de l'oncle Pio contredisait nettement l'amas de témoignages fâcheux qu'il avait recueillis ailleurs. Elle ne faisait que peu d'allusions à son fils et ne se les laissait arracher qu'avec douleur. Ils mirent fin brusquement à l'entretien.

Le capitaine Alvarado dit ce qu'il put d'Esteban et de l'oncle Pio. Ceux qui en savent le plus en ce domaine sont ceux qui prennent le moins de risques.

Je vous ferai grâce des généralisations du frère Juniper. Ce sont de celles que nous faisons toujours. Il croyait voir dans le même accident le méchant anéanti et le bon appelé au ciel de bonne heure; il croyait voir l'orgueil et la richesse confondus, ce qui était un bel exemple pour le monde; il croyait voir enfin l'humilité couronnée et récompensée pour l'édification de la ville. Mais le frère Juniper ne fut pas entièrement satisfait par son raisonnement. Après tout, il se pouvait fort bien que la marquise de Montemayor ne fût pas un monstre d'avarice, ni l'oncle Pio un monstre de satisfaction égoïste de ses appétits.

Une fois achevé, le livre tomba sous les yeux de certains juges qui, le déclarant hérétique, le condamnèrent à être brûlé en place publique ainsi que son auteur. Le frère Juniper s'inclina devant la sentence où il était écrit que le diable s'était servi de lui pour faire une brillante campagne au Pérou.

Il passa en cellule sa dernière nuit à essayer de trouver dans sa propre vie le modèle qu'il n'avait pas su voir dans les cinq autres. Il ne se révolta point. Il consentait à sacrifier sa vie pour la pureté de l'Eglise, mais il aspirait à entendre quelque part une voix attestant en sa faveur que son intention du moins avait été de défendre la foi : il avait le sentiment que personne au monde ne le croyait. Mais le lendemain matin dans la foule, à la lumière du soleil, beaucoup le crurent car il était très aimé.

Il y avait là une petite délégation du village de Puerto : Nina (bonté 2, piété 5, utilité 10) et d'autres, la figure contractée et anxieuse, regardaient leur petit moine livré aux flammes. Même en cet instant, il conserva dans le cœur la croyance têtue que saint François ne l'aurait pas condamné aussi sévèrement; et (n'osant pas invoquer un plus grand nom puisqu'il paraissait si accessible à l'erreur en ces matières) il appela deux fois saint François puis, s'appuyant sur une flamme, il sourit et mourut.

*

L'office fut célébré par une journée chaude et claire. Les habitants de Lima, leurs yeux noirs grands ouverts de terreur respectueuse, coulaient par les rues comme un flot vers leur cathédrale et restaient en contemplation devant le catafalque tendu de velours noir et d'argent. L'archevêque, enveloppé de ses extraordinaires vêtements raides comme du bois, transpirait sur son siège, tendant de temps à autre une oreille de connaisseur aux justes notes du contrepoint de Vittoria. Le chœur avait de nouveau étudié les pages que Thomas Louis avait composées, en guise d'adieu à la musique, pour son amie et protectrice l'impératrice d'Autriche, et toute cette affliction et toute cette douceur, tout ce réalisme espagnol distillé sur le mode italien, s'élevait et retombait tour à tour sur un océan de mantilles. Don Andrés, sous les drapeaux et les tentures empanachées de sa loge, s'était agenouillé, malade et troublé. Il savait qu'il était la cible des regards furtifs d'une foule qui s'attendait à le voir jouer le rôle du père ayant perdu son fils unique. Il se demanda si la Périchole était là. Jamais il n'avait été obligé de rester aussi longtemps sans fumer. Le capitaine Alvarado délaissa la grand-place ensoleillée pour entrer un moment; il parcourut du regard les champs de chevelures et de dentelles noires, les alignements des cierges et les nuages d'encens. « Que tout cela est faux, et factice », dit-il, et il ressortit. Il descendit vers le rivage de la mer et s'assit sur le bord de son bateau, regardant l'eau claire.

« Heureux ceux qui se sont noyés, Esteban », dit-il.

Derrière la grille, l'abbesse était assise au milieu de ses filles. La nuit précédente elle avait arraché une idole de son cœur et cette épreuve l'avait laissée pâle mais ferme. Elle avait accepté le fait que peu importait que son œuvre continuât ou non, il suffisait de travailler. Elle était l'infirmière qui veille les malades inguérissables; elle était le prêtre qui célèbre à perpétuité sa messe devant un autel que ne fréquente aucun fidèle. Il n'y aurait plus de Pepita pour donner de l'ampleur à son travail, qui retomberait dans l'indolence et l'indifférence de ses compagnes. Le ciel semblait se contenter que, pendant quelque temps, au Pérou, un amour désintéressé eût fleuri, puis se fût fané. Le front appuyé sur sa main, elle suivit la longue et tendre montée du soprano dans le Kyrie. « Mon affection aurait dû prendre de ce ton-là, Pepita; toute ma vie aurait dû avoir davantage de cette qualité. J'ai été trop occupée », ajouta-t-elle avec remords, et son esprit s'absorba dans la prière.

Camilla était partie de sa ferme pour assister à l'office. Son cœur débordait de consternation et de stupeur. Voici que lui venait encore un avertissement du Ciel : c'était la troisième fois qu'il s'adressait à elle. Sa petite vérole, la maladie de Jaime, et maintenant l'écroulement du pont... Oh ! tout cela n'était pas des accidents. Elle avait aussi grande honte que si des lettres étaient apparues sur son front. Un rescrit du Palais annonçait que le vice-roi envoyait ses deux filles faire leurs études dans un couvent en Espagne. Il avait raison. Elle était seule. Machinalement elle rassembla quelques objets et partit pour la ville afin d'assister à l'office. Mais elle se prit à penser à la foule contemplant son oncle Pio et son fils, au grand rituel de l'Eglise qui ressemble à l'abîme où tombent les êtres chers, à la tempête du *Dies Iræ* où l'individu se perd parmi des millions de morts, les formes s'estompent, les traits s'évanouissent. Ayant accompli un peu plus de la moitié du trajet, elle se glissa dans l'église en pisé du Roi Saint-Louis et s'agenouilla derrière un pilier pour se reposer.

Elle fit un voyage dans ses souvenirs, cherchant les physionomies de ses deux disparus. Elle attendit qu'une émotion la secouât. « Mais je ne sens rien, se murmura-t-elle à elle-même, je n'ai pas de cœur, je ne suis qu'une pauvre femme insignifiante, voilà tout. Je suis exclue, je n'ai pas de cœur. Ecoutez, je n'essaierai plus de penser à quelque chose; laissez-moi seulement me reposer ici. »

A peine avait-elle formulé cette prière qu'elle se sentit de nouveau transpercée par cette douleur terrible et inexprimable — la douleur qui jadis n'avait pu parler à l'oncle Pio et lui dire son amour, ni une seule fois donner du courage à Jaime dans ses souffrances. Elle se redressa avec égarement. « Je trahis tout le monde, s'écria-t-elle, ils m'aiment et je les trahis. »

Elle retourna à la ferme et resta un an dans cette humeur de désespoir. Un jour elle apprit par hasard que la merveilleuse abbesse avait perdu dans le même accident deux êtres aimés. L'ouvrage qu'elle cousait lui tomba des mains : alors *celle-là* saurait, *celle-là expliquerait*. « Mais non, que me dirait-elle ? Elle ne croirait même pas qu'une personne comme moi pût aimer ou pût perdre. »

Camilla décida de se rendre à Lima et de regarder l'abbesse de loin. « Si son visage m'indique qu'elle ne me méprisera pas, je lui parlerai », se dit-elle. Et elle guetta autour de l'église du couvent et s'éprit humblement de la bonne vieille figure, bien que celle-ci l'effrayât quelque peu. Enfin elle alla lui faire visite.

« Ma mère, dit-elle, je... je...

— Est-ce que je vous connais, ma fille ?

— J'ai été actrice, j'étais la Périchole.

— Ah ! oui. Oh ! il y a bien longtemps que je souhaite de vous connaître, mais on m'a dit que vous ne vouliez pas vous laisser voir. Vous aussi, je le sais, vous avez perdu dans la chute du pont du Roi... »

Camilla se leva et se détourna. Là ! encore cet accès de souffrance... les mains des morts qu'elle ne pouvait toucher. Ses lèvres étaient blanches. Sa tête se posa sur les genoux de l'abbesse :

« Ma mère, que dois-je faire ? Je suis toute seule, je n'ai rien au monde... je les aime. Que faut-il faire ? »

L'abbesse la considéra attentivement :

« Ma fille, il fait chaud ici, allons dans le jardin. Vous pourrez vous y reposer. »

Et elle fit signe à une jeune fille du couvent d'apporter de l'eau fraîche. Elle continuait à parler machinalement à Camilla.

« Il y a longtemps, señora, que je désirais vous

connaître. Même avant l'accident j'avais grand désir de faire votre connaissance. On m'a dit que dans les *autos sacrementales* vous étiez une très grande, une très admirable actrice, dans le *Festin de Balthazar.*

— Oh ! ma mère, il ne faut pas dire cela... je suis une pécheresse, il ne faut pas dire cela.

— Tenez, buvez ceci, mon enfant. Nous avons un jardin magnifique, ne trouvez-vous pas ? Vous viendrez nous voir souvent et un jour ou l'autre vous rencontrerez la sœur Juana, qui est notre jardinier en chef. Avant d'entrer en religion, elle n'avait pour ainsi dire jamais vu un jardin, car elle travaillait dans les mines, là-haut, dans la montagne. Maintenant tout pousse sous ses mains. Un an s'est écoulé déjà, señora, depuis notre accident. Moi j'ai perdu deux garçons qui avaient été élevés dans mon orphelinat, mais vous, vous avez perdu un enfant à vous ?

— Oui, ma mère.

— Et un grand ami ?

— Oui, ma mère.

— Dites-moi... »

Et alors tout le flot du long désespoir de Camilla, de son désespoir solitaire et obstiné depuis son enfance, vint se déverser dans ce sein amical, sur cette robe poussiéreuse, parmi les fontaines et les roses de la sœur Juana.

*

Mais où sont les livres qui suffiraient à contenir

tous les événements qui eussent été autres sans la chute du pont ?

Sur cette quantité j'en choisis encore un.

« La comtesse d'Abuirre demande à vous voir, dit une sœur converse à la porte du bureau de l'abbesse.

— Bien, dit celle-ci, en posant sa plume; qui est-ce ?

— Elle vient d'arriver d'Espagne. Je ne sais pas.

— Oh ! c'est de l'argent, Inès, de l'argent pour ma maison des aveugles. Vite, priez-la d'entrer. »

La femme, grande, d'une beauté un peu langoureuse, pénétra dans la pièce. Doña Clara, d'ordinaire à la hauteur de toutes les situations, semblait, pour une fois, gênée.

« Vous êtes occupée, ma chère mère ? Puis-je vous parler un moment ?

— Je suis tout à fait libre de mon temps, ma fille. Vous excuserez la mémoire d'une vieille femme : vous ai-je déjà vue ?

— Ma mère était la marquise de Montemayor... »

Doña Clara, soupçonnant que l'abbesse n'aimait pas sa mère, ne voulut pas la laisser parler avant d'avoir présenté elle-même, passionnément, la défense de doña Maria. Sa nonchalance disparut dans les reproches qu'elle s'adressa à elle-même. Enfin l'abbesse lui parla de Pepita et d'Esteban et de la visite de Camilla.

« Tous nous avons péché, tous. On désire être puni. On est disposé à s'infliger toutes sortes d'expiations, mais savez-vous, ma fille, que dans l'amour —

j'ose à peine le dire —, mais que dans l'amour nos fautes même ne semblent pas pouvoir durer longtemps ? »

La comtesse montra à l'abbesse la dernière lettre de doña Maria. La mère Marie n'osa pas dire tout haut à quel point était grand son étonnement que de tels mots — des mots que depuis lors le monde entier a répétés avec joie — eussent pu jaillir du cœur de la maîtresse de Pepita.

« Apprenez maintenant, s'imposa-t-elle de dire, apprenez enfin que vous pouvez toujours espérer la grâce. » Et elle était remplie de bonheur comme une jeune fille à cette nouvelle preuve que les idées pour lesquelles elle vivait étaient partout, que le monde était prêt. « Voulez-vous m'accorder une faveur, ma fille ? Voulez-vous me permettre de vous montrer mon œuvre ? »

Le soleil était couché, mais l'abbesse conduisit sa visiteuse de corridor en corridor, avec une lanterne. Doña Clara vit les vieilles et les jeunes, les malades et les aveugles, mais par-dessus tout elle vit la vieille femme lasse et vive qui la guidait. L'abbesse s'arrêtait dans un couloir pour dire tout à coup :

« Je ne peux m'empêcher de penser qu'on pourrait faire quelque chose pour les sourds-muets. Il me semble qu'une personne patiente pourrait... pourrait composer un langage pour eux. Vous savez qu'il y en a des centaines et des centaines au Pérou. Vous rappelez-vous si quelqu'un en Espagne a trouvé un moyen de leur venir en aide ? En tout cas, cela se fera un jour. »

Et un peu plus tard :

« Savez-vous une chose : je persiste à croire qu'on peut faire quelque chose pour les fous. Je suis vieille, vous le voyez, et je ne puis aller dans les lieux où l'on discute de telles questions, mais je m'intéresse de loin à ces débats, et il me semble... On les traite maintenant avec douceur, en Espagne, n'est-ce pas ? Il me paraît qu'un secret entoure tout cela, un secret qui se dérobe juste derrière un pan de mur. Un jour, une fois rentrée en Espagne, si vous entendez parler de quelque chose qui puisse nous aider, vous m'écrirez une lettre... si vous n'êtes pas trop occupée ? »

Enfin, quand doña Clara eut visité jusqu'aux cuisines, l'abbesse lui dit :

« Voulez-vous m'excuser maintenant, il faut que j'aille dans la salle des grands malades, leur dire quelques mots qui leur donnent matière à penser pendant leurs insomnies. Je ne vous demande pas de venir avec moi, car vous n'êtes pas habituée à de telles... de telles plaintes et de tels spectacles. Et d'ailleurs je ne leur parle que comme à des enfants. »

Elle levait les yeux sur la comtesse avec son sourire modeste et mélancolique. Soudain elle disparut un moment pour revenir avec l'une de ses assistantes, une femme que l'accident du pont avait elle aussi endeuillée et qui avait été actrice autrefois.

« Elle va partir, dit l'abbesse, pour un travail de

l'autre côté de la ville; et quand j'aurai parlé dans cette salle, il faudra que je vous quitte toutes deux, car le marchand de farine ne m'attendra pas plus longtemps, et notre discussion sera longue. »

Mais doña Clara resta debout à la porte, tandis que l'abbesse parlait à ses malades, sa lampe posée par terre à côté d'elle. La mère Marie se tenait adossée à un pilier. Les malades étaient étendus en longues files, les yeux fixés au plafond et s'appliquant à retenir leur respiration. Elle parla ce soir-là de tous ceux qui sont dehors dans la nuit — elle pensait à Esteban tout seul, elle pensait à Pepita toute seule — qui n'avaient personne vers qui se tourner, pour lesquels le monde était plus que difficile, sans signification. Et ceux qui gisaient là dans leurs lits sentaient qu'ils étaient à l'intérieur d'un abri que l'abbesse avait construit pour eux, où tout n'était que lumière et chaleur, alors qu'au-dehors régnaient des ténèbres dont ils ne voulaient à aucun prix, celui-ci fût-il un soulagement de leurs souffrances ou un délai de vie supplémentaire. Mais, même tandis qu'elle parlait ainsi, d'autres pensées lui traversaient l'esprit.

« Déjà, songeait-elle, presque personne en dehors de moi ne se souvient d'Esteban et de Pepita. Seule Camilla se souvient de son oncle Pio et de son fils, et cette femme de sa mère. Mais bientôt nous mourrons à notre tour, et la terre aura oublié ces cinq personnes; nous-mêmes, nous serons aimées encore quelque temps, puis oubliées comme elles. Cependant l'amour se sera suffi à lui-même. Toutes les impulsions de l'amour retournent à l'amour qui les a créées. Le souvenir n'est pas nécessaire à l'amour. Il y a un royaume des vivants et un royaume des morts, entre lesquels le pont est amour, la seule chose qui survive et qui ait un sens. »

Table

IMPRIMÉ EN FRANCE PAR BRODARD ET TAUPIN
Usine de La Flèche (Sarthe).
LIBRAIRIE GÉNÉRALE FRANÇAISE - 6, rue Pierre-Sarrazin - 75006 Paris.
ISBN : 2 - 253 - 04622 - 1

42/3094/2